Ulli Potofski

Locke greift an

D1993895

cbj

Foto: © privat

DER AUTOR

Der Autor, Produzent und Sprecher Ulli Potofski begann seine Medienlaufbahn 1974 als Radio Diskjockey bei RTL. Er hat unzählige Sportsendungen moderiert und alle Fußballgrößen vor dem Mikrofon gehabt. Für sein Engagement wurde er mit einem Bambi ausgezeichnet. Mit seinem ersten Kinderbuch »Locke bleibt am Ball« hat er große Erfolge gefeiert.

Von Ulli Potofski ist bei cbj bereits erschienen:

Locke bleibt am Ball (21640)
Locke stürmt los (21864)

Ulli Potofski

Locke greift an

cbj

cbj
ist der Kinder- und Jugendbuchverlag
in der Verlagsgruppe Random House

FSC
Mix
Produktgruppe aus vorbildlich
bewirtschafteten Wäldern und
anderen kontrollierten Herkünften

Zert.-Nr. SGS-COC-1940
www.fsc.org
© 1996 Forest Stewardship Council

Verlagsgruppe Random House FSC-DEU-0100
Das für dieses Buch verwendete FSC-zertifizierte Papier *München Super Extra* liefert Arctic Paper Mochenwangen GmbH.

1. Auflage
Erstmals als cbj Taschenbuch April 2010
Gesetzt nach den Regeln der Rechtschreibreform
© 2008 cbj, München
Alle Rechte vorbehalten
Lektorat: Burkhard Heiland
Umschlaggestaltung: init. büro für gestaltung, Bielefeld
IM · Herstellung: CZ
Satz: Uhl + Massopust, Aalen
Druck und Bindung: GGP Media GmbH, Pößneck
ISBN 978-3-570-22125-9
Printed in Germany

www.cbj-verlag.de

Geschockt – genau, das war das richtige Wort – saßen die allerbesten Freunde Locke und Matz in ihrem Sportcafé und stierten förmlich auf eines der Fernsehgeräte.

In der ultramodernen »location« glitzerte es nur so vor Chrom und riesige Flachbildschirme ringsum bestimmten das Bild. Auf den Geräten waren unterschiedliche Sender eingeschaltet, sodass die diversen Sportprogramme zeitgleich verfolgt werden konnten. Hier kam her, wer sich für Sport und insbesondere für das Fußballgeschehen interessierte – meist junge Leute. Der Lautstärkepegel war enorm hoch, denn zu den Stimmen der Kommentatoren dröhnte in irgendeiner Ecke auch immer noch Musik aus einer Box. Vater Schubert, der einmal mit in diesem Sportcafé gewesen war, hatte es nur eine Stunde hier ausgehalten. Dann war er geradezu geflohen. Besonders laut war es immer am Wochenende, wenn die unterschiedlich »gepolten« Fans von Bundesligavereinen hier die Konferenz der Spiele im Fernsehen verfolgten.

Matz und Locke lauschten der Stimme des Eurosport-Moderators, der nochmals zusammenfasste: »Damit treffen beim Eröffnungsspiel der Schüler-Europameisterschaft in Berlin am 4. Mai 2008 aufeinander: Deutschland und die Türkei.«

Die beiden Jungen verharrten in einer geheimnisvollen Starre, als ob ein Alien sie in mittelalterliche Statuen verwandelt hätte. Es dauerte geschlagene fünf Minuten, bevor sie langsam die Sprache wiederfanden. Ein absoluter

Rekord für beide, die sonst nur schwer aus der Fassung zu bringen waren. Nun aber brach es aus Patrick Schubert, genannt Locke, hervor.

»Matz, ist dir das klar geworden? Deutschland gegen die Türkei – das heißt auch *Matz* gegen *Locke.*« Er war fassungslos. »Wir müssen gegeneinander antreten.«

Matz hatte sich schon wieder besser in der Gewalt und entgegnete trocken: »Und damit startet Deutschland gleich mit einer Niederlage in das Turnier.«

Locke verzog das Gesicht. »Da ist das letzte Wort noch lange nicht gesprochen.« Er grinste. »Tatsache ist, dass du ab sofort mein größter Feind bist.«

Matz schaute einen Augenblick entsetzt, lachte dann aber sofort und entgegnete locker: »Na, dann bist du wenigstens mein Lieblingsfeind, und bis zur Europameisterschaft müssen wir ja auch noch das eine oder andere Spiel zusammen im Verein gewinnen.«

Genauso war es. Die beiden Jungs hatten gemeinsam den Weg in die U15-Mannschaft von Schalke 04 gefunden und ebenso waren beide in die U15-Nationalmannschaften ihrer Länder berufen worden.

Bis vor wenigen Monaten hatten Locke und Matz bei einem kleineren Verein in Gelsenkirchen gespielt, bei Blau-Weiß, aber dann war die ganze Stadt auf die beiden Jungen aufmerksam geworden, als sie bei einem Freundschaftsspiel in Newcastle ein fast verlorenes Match, bei dem sie mit 0:3 zur Pause zurückgelegen hatten, noch mit 4:3 für Blau-Weiß entscheiden konnten. Fast sensationell zu nennen war es, dass Patrick drei Tore erzielte und Matz allein auf Patricks Vorarbeit hin den Siegtreffer landen konnte. Unvergesslich auch, als Locke am Ende der Begegnung barfuß auf dem Spielfeld stand, weil seine Fußballschuhe sich in Nichts aufgelöst hatten. Manch einer hatte damals vermutet, dass irgendein Geheimnis um diese Fußballschuhe war, dass sie so etwas wie magische Fähigkeiten besaßen und seinen Träger Locke geradezu zum Sieg katapultiert hatten. Der Trainer der deutschen Schülernationalmannschaft glaubte damals aber mehr an die Leistung von Locke als an Magie und berief ihn in das U15-Nationalteam.

Matz, als Sohn türkischer Eltern, hatte fast zeitgleich den Weg in die Landes-Elf der besten Schüler der Türkei gefunden, und so war es dann auch nur ein logischer Schritt, dass die Jugendabteilung des großen FC Schalke 04 die Jungen von ihrem Heimatverein Blau-Weiß Gelsenkirchen abgeworben hatte. Bei Schalke spielten sie nun seit einigen Monaten fast unter professionellen Bedingungen.

Unzertrennlich waren die beiden Freunde. Na ja, fast, denn Locke verbrachte auch viel Zeit mit Eva, dem Mädchen, mit dem er seit zwei Jahren »ging«. Eva allerdings war wie Matz und Locke auch Mitglied in der gemeinsamen Band »NEW KICKING DEVILS« und so waren die drei automatisch viel miteinander zusammen. Eva war die Sängerin der Gruppe geworden und hatte für die Band sogar auf eine Solokarriere bei *»Deutschland sucht den Superstar«* verzichtet. Relativ regelmäßig traten die »DEVILS« – wie Fans die Truppe nannten – in Jugendheimen und Clubs auf.

Tja, Fußball, Musik, Freundschaft und Verliebtsein. Kein Problem für Patrick Schubert – wegen seiner blonden Haarpracht Locke genannt –, all diese Dinge auf die Reihe zu kriegen; doch damit nicht genug, da waren auch noch die Schule, ein Hund namens Poldi und die lieben Eltern …

Vater Schubert hatte sich die Auslosung für die Schüler-Europameisterschaft natürlich auch angeschaut und begrüßte seinen Sohn Locke daheim mit den Worten: »Das packt ihr aber mit den Türken im Eröffnungsspiel – oder?«

Locke war nie sonderlich begeistert, wenn er nach Hause kam und gleich überfallmäßig nach allem und jedem ausgefragt wurde. Im Stillen nannte er es Verhör, was sein Vater da gern praktizierte, was natürlich etwas hart ausgedrückt war, aber es nervte ihn einfach. Seine Mutter war da einfühlsamer, so auch heute. »Jetzt lass doch erst mal den Jungen in Ruhe«, bemerkte sie aus der Küche, »und lass uns etwas essen und dann besprechen wir eure Europameisterschaft in aller Ruhe.«

Vater Schubert machte eine unwirsche Bewegung. »Eine Europameisterschaft kann man nicht so nebenbei bei Gürkchen und Salami besprechen« knurrte er, »das erfordert strategisches Denken, Übersicht und ein Fußballwissen, wie es vielleicht Marcel Reif, der berühmte Reporter, hat oder unser Bundestrainer. Schluss. Aus. Basta.«

Beim Wort »Basta« meldete sich Schuberts Hund Poldi aus der Ecke des Wohnzimmers mit einem fragenden Fiepen. »Schluss. Aus. Basta.«, sagte nämlich auch Locke zu seinem Hund, wenn er die gemeinsamen Laufrunden mit ihm beendete. Poldi war, wie es schien, etwas überrascht, dass jetzt eine Laufeinheit hier im Wohnzimmer zum Ende kommen sollte. Locke musste jetzt doch lachen.

»Genau Poldi, du hast es erfasst«, meinte er, dem Hund zugewandt, »hier wird schon manchmal viel Unsinn verzapft.«

Mutter Schubert hatte – wie so oft – das letzte Wort: »Mein lieber Sohn, wer hier Unsinn verzapft oder nicht, das beurteile ich wohl immer noch am besten«, sagte sie resolut. »Und jetzt ab an den Tisch, das Essen kommt gleich, und dann sage *ich* euch mal, wer Europameister wird und wer nicht.«

Lockes Mutter war mit den Jahren zu einer echten Fußballanhängerin geworden. Wann immer sie konnte, begleitete sie ihren Sohn zu den Spielen von Schalke 04. Natürlich hatte sie auch den einen oder anderen Nackenschlag mitbekommen, den Locke in seiner Laufbahn schon erleiden musste. Höchst ungern dachte sie vor allem an eine Situation zurück, die ihrem Sohn schwer zu schaffen gemacht hatte. Es war schon eine Weile her, aber es schien ihr, als wäre es gestern gewesen, diese »Bierdosenaffäre« in der Fußballschule von Duisburg. Damals hatte einer von Lockes Mannschaftskameraden – der eben kein echter Kamerad war – ein paar Büchsen Bier in seinen Rucksack geschmuggelt, um ihn als Konkurrenten zu beseitigen. Alkoholgenuss war an der Fußballschule strengstens untersagt, und Locke, der seine Unschuld nicht beweisen konnte, »flog« sofort. Mutter Schubert litt mit ihrem Sohn. Selten, dass ihr geliebter »Großer« ihr wieder einmal so klein vorgekommen war. Es hatte einige Anstrengungen gekostet, ehe Locke schließlich wieder rehabilitiert und anerkannt vor allen dastand.

Vater Schubert, Locke und seine Mutter genossen stets das ausgiebige gemeinsame Abendessen in der Küche und besprachen dabei die allgemeinen Probleme der Familie, heute allerdings trieb Vater Schubert das Essen in Rekordzeit voran. Wen interessierten schon Stromrechnungen, Einkaufszettel und Hausaufgaben, wenn vor wenigen Stunden die U15-Europameisterschaft ausgelost wurde und der eigene Sohn eine der Stützen der deutschen Mannschaft sein sollte. Mutter Schubert spürte den dringenden Gesprächsbedarf ihrer »Männer« und verkürzte das Abendessen, indem sie vorgab, der Küchenboden müsste einmal wieder geschrubbt werden. Während sie also noch in der Küche fuhrwerkte, begaben sich Vater und Sohn und auch der Hund Poldi in Richtung Wohnzimmer.

Patrick ging hinter seinem Vater her. Auch wenn der

Mann ihn manchmal nervte, so hinderte ihn das keine Sekunde daran, unglaublich stolz auf ihn zu sein. Wie sein Vater das geschafft hatte, sich wieder zu erholen, damals nach dem Schock, als er von einer Sekunde auf die andere in eine Katastrophe geschleudert wurde, als ein Schlaganfall ihn völlig lahmlegte, ihm ein Leben aufzwang, das nichts mehr mit seinem bisherigen zu tun hatte! Mit eisernem Willen hatte Markus Schubert es geschafft, aus diesem Tief wieder herauszukommen, hatte die langsam einsetzende Besserung seines Zustandes mit ganzer Kraft unterstützt – konnte eines Tages den Rollstuhl verlassen und mit Heimarbeit sogar die Familienkasse aufbessern.

Vater Schubert setzte sich in einen der Sessel am Couchtisch und sah seinen Sohn an.

»Sag mal«, begann er das Gespräch, »wie hat denn dein Freund Matz auf die Auslosung reagiert?«

»Sehr cool«, antwortete Patrick, »wir haben beschlossen, ab sofort Feinde zu sein.« Er grinste.

Sein Gegenüber sah ihn leicht amüsiert und doch mit einer Sorgenfalte im Gesicht an. »Ihr zwei und Feinde? Eher bricht die Welt zusammen! Aber manchmal passieren Dinge, die kann man sich gar nicht ausdenken und dann werden aus Freunden tatsächlich erbitterte Gegner.«

Locke dachte einen Augenblick nach. »Es ist schon so, dass wir uns bei diesem Spiel Deutschland gegen die Türkei als sportliche Gegner treffen werden«, erwiderte er dann lakonisch, »aber wie ich schon sagte: als sportliche Gegner!«

Der Vater nickte zustimmend. »Aber jetzt mal raus mit der Sprache – was hältst du von den anderen Gegnern in der Gruppe? Fangen wir mit den Polen an …«

Patrick war mit seiner Einschätzung schnell bei der Hand. »Ein Team, das man ganz langsam bearbeiten muss«, meinte er sachkundig. »Die stehen hinten sehr kompakt.

Kräftige Jungs, die aber im Sturm leichte Probleme haben. In der Qualifikation für die EM haben sie insgesamt nur neun Tore geschossen, aber auch nur zwei kassiert. Das sagt wohl eine ganze Menge über die polnische Mannschaft. Im Übrigen haben wir noch von Schalke aus ein Freundschaftsspiel gegen die Polen, danach werden wir ein Stückchen schlauer sein.«

Für Markus Schubert stand fest: »Also drei Punkte für euch.«

»Langsam, langsam, Daddy, auch dieses Spiel muss erst gespielt werden.«

Sandra Schubert hatte sich in der Zwischenzeit zu den Fußballfanatikern gesetzt und hörte gespannt den Ausführungen zu. Sie war längst auch zu einer anerkannten Fachfrau des spannenden Fußballsports geworden, kein Wunder bei all den Erlebnissen der letzten Jahre.

So merkte sie jetzt also fachfraulich an: »Die Italiener werden wohl der härteste Brocken – oder?«

Locke nickte zustimmend. »Klar« meinte er, »die Italiener waren schon häufiger mit ihrer Jugendarbeit in Europa ganz weit vorn.« Locke wusste, die Jungs vom Stiefel wurden in ihren Vereinen schon absolut wie Profis ausgebildet und sie hatten mit einem gewissen Toni Insunita einen Torjäger in ihren Reihen, den fast alle großen Clubs in Italien verpflichten wollten, für ihren Nachwuchs. Noch spielte das Riesentalent in einem unbedeutenden Verein in Südtirol. Inter Meran nannte er sich, aber nach allem, was Locke gehört hatte, würde dieser Toni Insunita bald zu Inter Mailand wechseln.

»Italien gehört sicher zum engeren Favoritenkreis dieser Europameisterschaft«, schloss er an und fügte hinzu: »Aber die Türkei ist für mich so etwas wie ein Geheimfavorit – schließlich spielt dort mein Freund Matz.«

Zustimmung kam diesmal von Poldi, der sich bei der Nennung des Namens Matz bellend und schwanzwedelnd auf Locke zubewegte, um sich dann direkt vor seinen Beinen wieder niederzulassen.

Locke kraulte den Hund kurz.

»Und was Matz kann«, sagte er weiter, »das sehe ich ja jede Woche bei Schalke. Die ganze türkische Mannschaft erwarte ich technisch stark. Es wird wohl eine hammermäßig schwere Vorrunde – aber ich freue mich darauf. Ganz ehrlich, ich kann jetzt schon nicht mehr ruhig schlafen, wenn ich nur daran denke.«

Patricks Mutter schaute auf die Uhr. »Gutes Stichwort, mein Sohn, es wird Zeit schlafen zu gehen. Es wäre übrigens sehr ungesund, wenn du jetzt bis zum Mai 2008 nicht mehr ruhig schlafen könntest. Jetzt haben wir Oktober und sieben Monate ohne richtigen Tiefschlaf – das hält selbst der beste Profi nicht aus. Also, ab ins Bett; der Wecker klingelt wie immer um kurz vor sieben und die Schule wartet nicht!«

Vater Schubert hätte noch gerne diskutiert, aber er hob nur resignierend die Schultern. »Mutter hat wie fast immer den Schlusspfiff abgegeben, also Gute Nacht, Freunde, morgen werden wir über die perfekte Taktik sprechen …«

Locke und Poldi trollten sich in ihr Zimmer, und trotz der Ankündigung, er könne von nun an keine Ruhe mehr finden: Locke schlief tief und fest in dieser Nacht.

2

Montag, eine neue Woche begann. Eingespannt, wie Patrick war, mit all seinen Verpflichtungen, hatten die Zeitabschnitte für ihn ein festes Muster – und das sah so aus:

Montag, acht bis dreizehn Uhr Schule. Um drei Training bei Schalke 04. Um fünf dann Hausaufgaben. Abends um acht Essen mit den Eltern, danach gelegentlich ein Treffen mit Matz. Oder ein Treffen mit Eva – häufiger als gelegentlich …

Dienstagnachmittag bis in den späten Abend Bandprobe der NEW KICKING DEVILS.

Mittwoch nach Schulschluss dann Training bei Schalke 04. Ab sechs Uhr Hausaufgaben, dann Abendessen mit den Eltern, anschließend Fußball im Fernsehen: Die Championsleague-Spiele, gemeinsam mit Matz und Vater Schubert.

Donnerstag, langer Nachmittag. Frei für Eva! Entweder es war Kino angesagt oder Stadtbummel oder einfach nur Parkbank und ein bisschen schmusen.

Freitag, drei Uhr, Training bei Schalke 04.

Samstags schulfrei! Endlich ausschlafen. Um zehn Uhr mit Poldi laufen gehen. Danach einfach rumgammeln und ab halb vier Bundesliga im Fernsehen. Am Abend ein, zwei Stunden mit Eva und Matz irgendwie irgendwo abhängen – und spätestens um elf ins Bett.

Sonntag, der Fußballhöhepunkt der Woche:

Um acht Uhr Treffen auf dem Vereinsgelände von Schalke 04 und Fahrt zum Auswärtsspiel oder Heimspiel auf einem der Nebenplätze der *Arena Auf Schalke.* Danach, einmal im Monat ungefähr, ein weiteres Highlight: Konzertauftritt der NEW KICKING DEVILS in einem Jugendheim oder kleinen Club …

So ging das Woche für Woche, ein volles Programm und ganz normal für Locke. Ganz anders war alles, wenn der DFB einen Lehrgang ansetzte – wie es jetzt bald zu erwarten war, für die U15-Nationalspieler, als Vorbereitung auf die Meisterschaft. Doch vorerst ging alles noch seinen üblichen Gang. So auch an diesem Montag.

Die Schule war halbwegs normal gelaufen, nichts Spektakuläres, weder im Guten noch im Schlechten. Die Noten von Locke waren seit geraumer Zeit konstant mittelmäßig, aber damit konnten er und seine Eltern ganz gut leben. Nur Eva nörgelte deshalb manchmal etwas – so nach dem Motto: »Mein Freund soll nicht nur ein super Fußballer auf dem Platz und guter Gitarrist bei den DEVILS sein, er sollte sich auch vernünftig ausdrücken können und bei einer Shoppingtour auch mal schnell zwanzig Prozent Rabatt für meine Designerklamotten ausrechnen können.« Selbstverständlich war das alles nur harmloser Spott und Patrick konnte prima damit umgehen. Schließlich machte sich Eva rein gar nichts aus den großen Modemarken dieser Welt, viel wichtiger war ihr, dass sie mit Patrick, beschäftigt wie er war, jede Menge Spaß haben konnte, dass er Zeit für sie hatte – und dass die Bandmitglieder die Töne richtig trafen.

Die NEW KICKING DEVILS waren Eva unheimlich wichtig. Die Band war eine lokale Berühmtheit geworden und zurzeit überlegten alle, die dabei waren, eine eigene CD mit sieben oder acht Songs zu pressen, um diese dann nach den Konzerten zu verkaufen. Allerdings gab es noch ein weiteres wichtiges »DEVIL-Projekt«. In den Schulpausen unterhielten sich die Bandmitglieder oft über nichts anderes als Song-Ideen, und nach Schulschluss ging es auf dem Heimweg mit diesem Thema weiter. So auch heute.

Sie bummelten die Straße hinunter, Eva aß ein Himbeereis mit Sahne, Locke kickte kleine Steinchen vor sich her, und beide dachten über das nach, was Matz eben vorgeschlagen hatte.

»Wir sollten unbedingt eine Fußballhymne schreiben – so wie die »*Sportfreunde Stiller*« zur WM in Deutschland«, hatte er gemeint. Und laut singend trug er vor: »54, 58 …« Die Passanten auf dem Bürgersteig drehten amüsiert den Kopf nach dem türkischen Jungen.

Eva zischte ihn an. »Hör auf, sonst landest du noch in der Klapsmühle, schau mal, die Leute halten sich schon die Ohren zu.«

Dann nahm sie Stellung zur Fußballlied-Idee. »Ach nee, nicht schon wieder so 'n Fußballsong«, nörgelte sie. »Davon gibt es nun wirklich genug, lasst uns besser ein Lied über Ausländerfeindlichkeit schreiben.«

Dazu machte ausgerechnet Matz einen dummen Witz. »Genau, ein Lied über Türken in Deutschland, die nur Döner essen«, meinte er. »Einen Titel habe ich auch: *Der Döner Dröhner Blues.*« Auch wenn der Gag nicht so gut war – die drei mussten lachen.

Locke gab nun den Vorschlag zum besten, vielleicht ein Lied über einen Hund zu machen, der *Podolski* hieß, Poldi genannt wurde, aber nur bei – maximal – *TUS Koblenz* spielen könnte. Wieder einmal musste Patrick daran denken, wie er damals, als er Poldi gefunden hatte, sich spontan für diesen Namen entschied, weil das Tatzentier ihn einfach durch seine Schnelligkeit an den Nationalspieler erinnerte.

Eva schlug die Hände über dem Kopf zusammen. »Fing

gut an und endet natürlich doch mit Fußball.« Und sie erinnerte nun ernsthaft daran, dass man ja schon einige gute eigene Lieder geschrieben hatte. »Am SCHULTERROR-Song sollten wir unbedingt dranbleiben. Das ist doch genau das Thema für die meisten Schüler. Der Leistungsdruck wird immer größer.« Sie sah die beiden an. »Jungs, ich denk mal weiter nach und mache euch einen Vorschlag – ich habe da eine Idee.«

An dieser Stelle trennten sich ihre Wege, und Locke und Matz gingen den Rest der Strecke gemeinsam, während Eva zu ihrer Buslinie musste, sie, die Tochter des Zahnarztes Armin Dahl, wohnte in einem anderen Stadtteil.

Endlich konnten die beiden Freunde wieder ausschließlich über Fußball sprechen. Im Mittelpunkt stand die bevorstehende Begegnung gegen Rot-Weiß Düsseldorf am kommenden Sonntag. Die Schalker U15 spielte gerade eine ziemlich durchschnittliche Saison. Weder Fleisch noch Fisch, wie ihr Trainer Olaf Thölle immer zu sagen pflegte. Sechzehn Mannschaften spielten in ihrer Gruppe und die Schalker belegten momentan Platz sieben in der Tabelle.

Kurz nach halb zwei kamen Locke und Matz bei der Familie Schubert an. Poldi begrüßte Patrick wie immer voller Begeisterung. Er sprang an ihm hoch und biss ihm dabei fast in die Nase – aus Liebe, versteht sich. Auch Matz bekam ein fröhliches Schwanzwedeln ab. Sandra hatte – wie so oft – das Lieblingsgericht ihres Sohnes gekocht. Es gab Nudeln mit Fleischsoße und dazu einen frischen Salat.

Da Matz und Locke so gegen halb drei gemeinsam zum Montags-Training Richtung *Arena Auf Schalke* aufbrechen mussten, hatte man ausgemacht, dass die Jungs abwechselnd in der einen oder anderen Familie zusammen essen sollten. Das ermöglichte eine effektivere Zeitplanung, und die beiden waren auch einfach froh, dass sie noch mehr miteinander reden, vorausplanen oder auch nur spinnen konnten.

Sandra stellte wie immer die gleiche Frage: »Wie war's heute in der Schule? Ordentlich aufgepasst oder den Unterricht eher gestört?«

Locke spielte den Empörten. »Also Mutter, meine Noten werden beinahe meisterschaftsverdächtig und du hast offensichtlich immer noch Zweifel.«

»Frau Schubert, das ist wirklich so«, stimmte Matz zu. »Locke und ich sind die Klassenbesten – im Sport!«

Sandra gab keine Ruhe. »Dafür steht ihr in Mathe und Englisch eindeutig in der Abstiegszone. Wenn Eva euch nicht manchmal kleine Zettel zustecken würde, könnte man von einem sicheren letzten Platz ausgehen. Meine Herren, Fußball ist nicht ...« –

An dieser Stelle angekommen, stimmten Patrick und Matz im Chor mit ein: »... alles im Leben!« Zumindest mussten jetzt alle zusammen lachen.

Zwanzig Minuten später standen die Jungs vor dem Trainingsgelände des FC Schalke 04.

Immer noch staunten Matz und Patrick, wenn sie an dem futuristischen Stadion *Auf Schalke* auftauchten. Die Arena lag fast wie ein Raumschiff frei in der Landschaft. Stahl, Beton und Glas fügten sich zu einem gigantischen Bild. Wenn am Samstag die Bundesligaspiele hier über die Bühne gingen, fieberten mehr als einundsechzigtausend Menschen bei den Begegnungen mit. Natürlich träumten Locke und Matz davon, eines Tages hier als Bundesligaspieler aufzulaufen. Bis dahin war es aber noch ein weiter Weg ...

Das Training der U15 fand wie immer auf einem der Nebenplätze der großen Arena statt. Trainer Thölle legte viel Wert auf Pünktlichkeit, und der gesamte Kader, der zurzeit aus zwanzig Spielern bestand, war eine Viertelstunde vor dem Trainingsbeginn in der Umkleide. Wie immer machten großspurige Sprüche die Runde. Der Nachwuchs der Profimannschaft von Schalke 04 machte sich etwas lustig über eine Niederlage der ersten Mannschaft in der Championsleague gegen Valencia. Tom Derwinski, der zweite Torwart der U15, führte gerade aus, dass Manuel Neuer den Treffer zum 0:1 durch die Hosenträger hatte gehen lassen – da betrat der Trainer den Raum.

Olaf Thölle war ein Mittelfeldspieler jener Schalker Mannschaft gewesen, die 1997 sensationell den UEFA Pokal gewonnen hatte. Alle hatten große Achtung vor ihm und natürlich hatte er die Bemerkung mitbekommen.

Obwohl Thölle kein großgewachsener Mann war, konnte seine Stimme gewaltig klingen. »Tom, du hast es nötig«, hallte es durch den Raum. »Etwas mehr Respekt würde dir guttun. Darf ich dich daran erinnern, dass du letztens beim Freundschaftsspiel in Beckum drei Gegentreffer hättest verhindern können?! Mit dem Mund ist noch keiner Meister geworden.« Ein paar der Jungs feixten, dass die Standpauke nicht sie betraf. Olaf Thölle unterbrach sich und sah in die Runde. »Das geht euch alle an!«, sagte er, und seine Stimme dröhnte. »Schaut auf die Tabelle. Wo steht ihr? Ganz oben? Nein, auf Platz sieben, wenn ich euch daran erinnern darf. Sonntag geht es gegen die U15 von Rot-Weiß Düsseldorf. Mal schauen, ob ihr da mithalten könnt. Die stehen immerhin auf Platz zwei. Jetzt aber raus auf den Platz. Macht euch ordentlich warm. So überhebliche Sprüche wie eben will ich hier nicht mehr hören – alles klar?«

In der nächsten halben Stunde scheuchte Thölle seine Truppe besonders intensiv über den Platz – etwas Strafe musste sein. Es schloss sich eine Runde Technikschulung an. Der Ball musste immer wieder aus vollem Lauf mitgenommen und dann in den Strafraum geflankt werden. Wirklich keine einfache Angelegenheit, denn Thölle spielte den Jungs das Leder bewusst ungenau zu. So konnte es passieren, dass der Ball noch genau vor dem Fuß aufsprang, und der jeweilige Spieler musste schon ein guter Techniker sein, um das Gerät danach sauber zu verarbeiten.

Am Ende der Trainingseinheit wurde Tom von Thölle zur Seite genommen. »So, Tom, jetzt wollen wir mal deine Hosenträger testen.« Er betonte das »deine«. »Du hast nun die Möglichkeit zu zeigen, was du so draufhast. Locke und Matz werden dich jetzt so richtig warm schießen und danach sprechen wir noch mal über das Gegentor von Manuel Neuer. Ab in die Kiste.«

Thölle ließ nun von seinem Assistenten fünfundzwanzig Bälle an der Linie zum Sechzehnmeter-Raum ablegen. Dann rief er seinen beiden Sturmspitzen Locke und Matz zu: »Haut in Rekordzeit die Bälle auf das Tor von Tom. Er soll keine Ruhe finden. Ich erwarte von euch, dass mindestens fünfzehn Bälle im Netz liegen – alles klar?«

Locke und Matz grinsten. Eine schöne Aufgabe für die Stürmer. Ein greller Pfiff aus der Pfeife des Trainers erklang – und im Zehnsekundentakt flogen die Bälle aufs Tor.

Tom hechtete von rechts nach links, von oben nach unten. Keuchend sprang er nach jedem Ball. Mal knallten Matz und Locke mit voller Wucht auf das Tor, mal versuchten sie es mit dem Außenrist oder gefühlvoll mit der Innenseite ihrer Fußballschuhe. Nach kaum mehr als vier Minuten war alles vorbei. Tom lag nach dem letzten Schuss schnaufend am Boden.

»Sechzehn Treffer, mein lieber Tom« verkündete Thölle laut. »Wie war das noch mit Manuel Neuer?«

Tom war erledigt. »Manuel ist einer der besten Torhüter der Welt…«, stammelte er nur noch. Der Rest der Mannschaft stand stumm dabei. Thölle baute sich vor dem Kader auf und fragte kurz und knapp: »Begriffen?« Im Chor kam es zurück: »Begriffen, Trainer!« Thölle nickte kurz und erklärte das Training für beendet.

Doch der Tag hielt noch etwas Besonderes bereit. Wie so oft teilten sich die Freunde ihre Zeit zwischen Fußballtraining und der KICKING DEVIL BAND auf. Gegen sieben saßen die drei im »Jugendheim Eintracht« beieinander – so nannte sich das gesamte Gebäude, das auch als Clubgaststätte für ihren alten Verein Blau-Weiß Gelsenkirchen fungierte. Es gab etwas zu besprechen. Das zweite wichtige Projekt der NEW KICKING DEVILS: ein geplanter Auftritt der Band im November in der Grugahalle in Essen. Der absolute Wahnsinn! In dieser riesigen Halle, die fast sechstausend Besucher fasst, sollte es einen überregionalen Bandwettbewerb geben. Die DEVILS hatten sich beworben und vor ein paar Tagen einen Brief mit einer Zusage erhalten.

Liebe Mitglieder der NEW KICKING DEVILS,
wir haben Eure Bänder mit großer Begeisterung abgehört und bestätigen hiermit Eure Teilnahme am Wettbewerb »BESTE NEWCOMER-BAND DES RUHRGEBIETS«. Der Contest beginnt am ersten Samstag im November um 17 Uhr. Zwölf Bands haben sich qualifiziert und jede hat eine Spielzeit von maximal 20 Minuten. In der Programmgestaltung haben die Teilnehmer völlig freie Hand. Eine Ton- und Lichtanlage stehen selbstverständlich zur Verfügung.
Keep Rocking! Und denkt daran: Auf die Siegerband wartet ein erster Plattenvertrag…
Herzliche Grüße
ROCKBÜRO DEUTSCHLAND REGION WEST
Joachim Kess

Alle waren total happy gewesen, als die Nachricht eingetroffen war. Und sofort begann das große Überlegen, was die DEVILS auf der Veranstaltung zum Besten geben sollten. So auch heute Abend. Locke, Matz und Eva waren mitten im Vorschlagen von Songs, Diskutieren und Abwägen, als die Tür aufging und ein alter Bekannter den Raum betrat: Pfarrer Kelter.

Kelter, der die katholische Gemeinde von Gelsenkirchen-Schalke als Seelsorger betreute, war auch ein begeisterter Fußballfan und obendrein verstand er etwas von Musik. Er war es, der Locke und Matz auf ihren ersten Fußballschritten begleitet hatte. Mit Kelter waren sie auch in England gewesen, als man dort gegen Newcastle gespielt hatte. Kelter hatte damals Patrick dazu überredet, jenes »magische« alte Paar Schuhe in den zweiten fünfundvierzig Minuten zu tragen. Noch heute rätselte man darüber, warum Locke am Ende des Spiels auf Socken den Platz verlassen hatte und von den Schuhen nur noch ein paar Lederfetzen übrig geblieben waren. Kelter war auch bei den Bandproben der KICKING DEVILS aufgetaucht und erwies sich als wahres Genie an der Gitarre. Gelegentlich erzählte er ihnen von seinen Idolen: den Beatles, Bee Gees oder Janis Joplin ...

Suchend schaute Kelter sich um. An der langen Theke, die den Kneipenraum dominierte, standen ein paar Typen, das Bierglas in der Hand und diskutierten. Einer von ihnen deutete auf die hintere Wand, wo Dutzende von Mannschaftsfotos hingen, die erfolgreichsten Fußballer von Blau-Weiß. Erinnerungen an gute alte Zeiten.

In einer Ecke an einem großen Tisch machte Kelter Locke, Matz und Eva aus. Der Pfarrer hob grüßend die Hand und steuerte auf sie zu.

Das Hallo war groß, denn man hatte sich eine geraume Zeit nicht mehr gesehen. Kelter setzte sich an den Tisch und bestellte für alle eine Runde Malzbier. Ganz klar, die zwei Sportler tranken immer noch keinen Alkohol. Eva mochte das süße Bier sowieso unheimlich gern, und für Kelter war das Getränk eine »Alternative zum Messwein« – wie er ihnen einmal mit einem Augenzwinkern erzählt hatte. Das Bestellte wurde gebracht und die vier stießen mit dem leckeren Zeug an.

»Na, dann Prost«, sagte Kelter, hob sein Glas und ließ das Nass durch die Kehle rinnen. Er schluckte hörbar und sein Adamsapfel hüpfte dabei auf und nieder. Eva, die es sah, musste sich ein Lachen verkneifen über diese untypische Art des Priesters. Was lag näher, als gleich von dem Bandwettbewerb zu erzählen. Stolz zitierte Matz den Brief des Rockbüros an die DEVILS Wort für Wort aus dem Gedächtnis. Kelter war wieder einmal beeindruckt.

»Das ist ja großartig!«, meinte er und nickte. »Eine Riesenchance für euch.« Dann nahm er sein Glas, trank erneut in großen Schlucken und wischte sich mit dem Handrücken über den Mund. Locke sah, etwas ging in Kelter vor. Er schien über irgendetwas nachzudenken. Auch Eva und Matz warteten, was kommen würde. Kelter war bekannt für Überraschungen.

»Also«, vernahmen sie dann, »ich habe euch in letzter Zeit einige Male gehört – ihr habt wirklich Fortschritte gemacht, aber vielleicht solltet ihr …«, er machte eine bedeutungsvolle Pause, »… einmal über einen Trainer für die Band nachdenken.« Die Jungs schauten sich fragend an. Eva dagegen hatte sofort begriffen.

»Super Idee – das würden Sie wirklich machen?«, fragte sie und blickte Kelter erwartungsvoll an. Der setzte sein berühmtes Pfarrerlächeln auf.

»Ich habe doch früher auch schon mal ausgeholfen bei euch«, erwiderte er. »Als ihr angefangen habt mit eurer

Band. Also, ich hätte Lust dazu. Einige Kleinigkeiten könnt ihr im Zusammenspiel und bei eurer Bühnenshow durchaus noch verbessern.«

Eva nickte begeistert. Und jetzt waren auch Matz und Locke Feuer und Flamme. »›Göttlicher Beistand für die DEVILS‹ – was für eine Schlagzeile! Marketing ist in der Musikindustrie alles«, sprudelte es aus Locke hervor.

Kelter schaute gespielt böse. »Ob das mein Bischof so gerne lesen würde ... Aber egal, abgemacht – wann immer ich kann, werde ich bei euren Proben und Auftritten dabei sein. Allerdings verlange ich später dreißig Prozent eurer Einnahmen.« Er lehnte sich zurück und verschränkte grinsend die Arme. Ganz klar, das meinte er nicht ernst.

Matz schluckte, dann grinste auch er. »Sieh an, sieh an, die Männer Gottes in eurer Kirche haben also auch Geschäftssinn. Bei uns Moslems würde es so etwas nie geben.«

Diese Erwiderung hatte Matz allerdings so witzig betont, dass alle Anwesenden laut lachen mussten.

Man war sich einig. Und für Locke war klar, dass die Band einer erfolgreichen Teilnahme am Wettbewerb in Essen ein gutes Stück näher gekommen war.

»Also, ihr müsst über euer Zusammenspiel nachdenken, die Gewichtung der einzelnen Instrumente!« Kelters Stimme hallte durch den Probenraum im Keller der Eintracht.

Gleich nach der Schule und den Hausaufgaben hatten die NEW KICKING DEVILS sich an diesem Dienstag getroffen. Kelter war schon vor ihnen dort und hatte bereits das Licht in dem sonst stockdunklen Raum eingeschaltet. Matz, Locke und Eva waren gemeinsam hinzugekommen. Die beiden anderen Bandmitglieder Thomas und Ben waren leicht verspätet eingetroffen. Sie guckten zunächst überrascht, als sie den Pfarrer entdeckten, aber es war schnell erklärt, was es damit auf sich hatte, und auch sie freuten sich auf die Zusammenarbeit mit Kelter, dem Musikexperten.

Ohne lange Vorreden hatte der Band-Trainer mit der Arbeit begonnen, ließ die Gruppe ein paar Stücke anspielen, lauschte konzentriert und nickte. Dann hob er die Hand, zum Zeichen, dass er genug gehört hatte.

»Ihr kommt insgesamt sehr kraftvoll rüber. Bass- und Leadgitarre bestimmen den Sound, aber vielleicht sollten wir diese Instrumente etwas zurücknehmen und dafür das Keyboard von Thomas präsenter machen – und vor allem Eva mit ihrer Superstimme.«

Er blickte in die Runde. Alle nickten Zustimmung. Dann lächelte er.

»Außerdem solltet ihr an eurer Bühnenshow arbeiten. Ihr steht manchmal noch wie … na ja, wie Zementsäcke rum. Das muss lockerer und besser werden.«

Auch dazu gab es keinen Widerspruch. Allen war bewusst, dass ihr »Trainer« nur allzu recht hatte mit dieser Kritik.

Die DEVILS versuchten sich nun an einem Song von Silbermond, den sie auch ganz ordentlich hinbekamen, aber Eva legte großen Wert darauf, dass man auch an den eigenen Liedern weiterarbeiten sollte.

»Das macht uns unverwechselbar, zu etwas Besonderem«, erklärte sie. »Herr Kelter, Sie kennen ja noch gar nicht unsere neueste Eigenkomposition. Wir spielen ihnen jetzt mal SCHULTERROR vor und danach hätten wir gerne Ihre Meinung dazu.«

Der Song wurde eingeleitet mit einem kurzen Schlagzeugsolo von Ben, danach setzte der Bass von Matz ein. Die beiden Instrumente lieferten sich ein kleines Duell um die

Aufmerksamkeit der Zuhörer, das aber jäh durch die Leadgitarre von Locke unterbrochen wurde. Nach einer winzigen Pause traten dann alle Instrumente hinzu, schließlich übernahm das Keyboard die Führung, und endlich erhob sich die Stimme von Eva …

Sechs Uhr dreißig klingelt der Wecker
Sieben Uhr das Frühstück runtergeschlungen
Sieben Uhr dreißig raus in den Regen, ab in die Bahn
Die Zeit, die Zeit, sie reißt mich mit
Die Zeit, die Zeit, lässt mich nicht los
Um acht bin ich vollends gefangen
Kann mich nicht mehr regen
Kann mich nicht bewegen
Der Terror bricht aus
Schulterror, Schulterror
Zahlen, Zahlen, Fakten, Fakten
Ich bin nicht Mensch, bin nur ein Gegenstand
Ich bin nicht Mensch, bin nur ein Ding

Die Jungs wiederholten im Chor die letzten beiden Zeilen. Ein Gitarrensolo untermalte den Frust, der in dem Lied steckte. Dann nahmen sie etwas das Tempo aus der Melodie und Eva sang mit kräftiger Stimme die zweite Strophe. Davon, dass der Schulterror in den Pausen weiterging, dass die Gangs das Sagen hatten und jeder für sich kämpfte, jeder für sich allein … Darauf gab die Band wieder Gas und der Song endete mit dem nochmals vorgetragenen Refrain.

Schulterror, Schulterror
Zahlen, Zahlen, Fakten, Fakten
Ich bin nicht Mensch, bin nur ein Gegenstand
Ich bin nicht Mensch, bin nur ein Ding

Pfarrer Kelter teilte zwar nicht so ganz die negative Einstellung zur Schule, die in diesem Lied rüberkam, aber er war dennoch beeindruckt von dem Vortrag.

»Textlich noch etwas holprig«, meinte er. »Aber die Idee, über die eigenen Probleme, Ängste und Ärgernisse Musik zu machen, die ist gut. Wir sollten genau hier weitermachen, dann werdet ihr beim Bandwettbewerb in Essen eine echte Chance haben.«

Geschlagene zwei Stunden übten die NEW KICKING DEVILS an diesem Song und ihrem Sound, bevor Kelter den ersten gemeinsamen Probentag beendete.

»Wir sehen uns dann nächste Woche hier wieder«, sagte er zufrieden. Euch allen noch gute Tage und den Fußballern einen Sieg bei Rot-Weiß Düsseldorf am Sonntag.«

Das war das Stichwort für das Thema in den nächsten Tagen. Und morgen war wieder Training.

Die Schulzeit am Mittwoch ging schnell vorbei. Kunst und Musik mit je zwei Stunden hatten den Vormittag beherrscht, und das waren Fächer, die den drei Freunden gut gefielen. Musik vor allem, weil sie sich ja selbst als Musiker versuchten. Und da konnte auch etwas Theorie über Mozart & Co. nicht schaden. Sie begriffen, dass dieser Wolfgang Amadeus so etwas wie ein Popstar seiner Zeit gewesen sein muss. In Kunst sollte diesmal ein CD-Cover entworfen werden und das kam besonders Eva entgegen. Sie hatte echt Talent zur Künstlerin, das sagte jedenfalls Locke hinter vorgehaltener Hand.

Und wie eine Künstlerin sah sie inzwischen auch aus. Ihre roten Haare waren noch ein Stück länger geworden, und sie trug total bunte Klamotten, die sie sich auf Flohmärkten und in Second-Hand-Läden zusammenkaufte. Eigentlich hatte sie das nicht nötig, denn sie bezog das großzügigste Taschengeld der drei Freunde. Gelegentlich spendierte ihr Vater auch einen Fünfziger einfach so zwischendurch mit den Worten: »Damit mein Goldkind noch hübscher ausschaut.«

Eva setzte das Geld aber nicht immer um, sondern sparte etwas davon. So waren schon rund fünfhundert Euro auf ihrem Konto gelandet. Sie erklärte das Locke mit der Bemerkung: »Für schlechte Zeiten.«

Am Nachmittag dann das Training: Olaf Thölle ließ seine Spieler fast ausschließlich mit dem Ball arbeiten – was jede echte Fußballmannschaft der Konditionsbolzerei vorzieht.

Besonders spannend war diesmal ein sogenanntes »Elfmeterschießen«. Jeder Junge hatte drei Punkte bekommen, die er im Tor verteidigen musste, und jeder Elfmeter, den er nicht hielt, bedeutete einen Punktabzug. Wer zuletzt noch Punkte hatte, war der Sieger des Spielchens.

Wie immer musste zunächst ein Torwart in den Kasten. Es traf Tom Derwinski, die eigentliche Nummer zwei im Kader. Tom, der ja wegen seiner Sprüche über Manuel Neuer, den Torwart der ersten Mannschaft, Stress mit Thölle gehabt hatte, war überraschend, auch zu seinem eigenen Erstaunen, als Keeper gegen Rot-Weiß Düsseldorf aufgestellt worden. Dazu musste man allerdings wissen, dass Sebastian Kluge, die Nummer eins der U15, in den letzten Spielen gar nicht gut ausgesehen hatte …

Entsprechend motiviert ging Tom nun in den Kasten und wartete auf den ersten Schuss, den heute Matz abgeben musste.

Matz schoss den Ball halbhoch in die rechte Ecke, vom Schützen aus gesehen. Tom flog also in seine linke Ecke und kam irgendwie mit den Fingerspitzen an die Kugel. Pfosten! Beifall von allen Mannschaftskollegen für Tom – und Matz musste nun Torwart spielen. Für Matz, nur knapp einssiebzig, die Höchststrafe. Es ging ratzfatz. Drei Mannschaftskollegen hauten ihm den Ball nur so um die Ohren und Matz war raus aus dem Wettbewerb. Der letzte Schütze, der ihn rauskegelte, musste nun ins Tor. Matz rief noch: »Immer auf die Kleinen – das war jetzt aber extrem unfair!«

Aber alle anderen lachten nur.

Stefan Siegert, ein Innenverteidiger mit der stattlichen Größe von einsvierundachtzig, hütete nun das Tor. Locke war der nächste Schütze. Mit dem spaßigen Ausruf »Rache für Matz« lief er an und knallte den Ball souverän in den rechten oberen Winkel, während Stefan wie ein Maikäfer auf dem Bauch lag und dem Spielgerät nur nachschauen konnte. Einer nach dem anderen räumte nun langsam, aber sicher das Feld, bis nur noch Tom, der Torwart Nummer zwei, der auch ein super Elfmeterschütze war, Locke und Joe Kaller, der Denker und Lenker aus dem Mittelfeld der Mannschaft, im Wettbewerb waren.

Nun ließ auch Trainer Thölle die Katze aus dem Sack. »Übrigens meine Herren«, er grinste, »wer hier das Wettschießen gewinnt, wird auch unser Elfmeterschütze Nummer eins am Sonntag in Düsseldorf sein – wenn es denn dort einen Strafstoß für uns geben sollte.«

Aus dem kleinen Trainingsspaß war also urplötzlich etwas sehr Ernsthaftes geworden, denn eigentlich wollte fast jeder Spieler die Elfer im Match schießen.

Jeder der Übriggebliebenen hatte noch einen Punkt, und da Locke mit Hardy König gerade einen weiteren Spieler aus dem Wettbewerb »herausgeschossen hatte«, musste natürlich er ins Tor. Patrick hatte bei diversen Schulspielen früher mehrfach im Kasten gestanden. Er wusste deshalb, dass seine Reaktionen auch hier ganz ordentlich waren.

Tom musste nun gegen den Stürmer Schubert antreten. Die Ausgangslage war klar: Wenn der Ball reingeht, wird Locke nicht der Elfmeterschütze in Düsseldorf sein. Locke kauerte auf der Linie. Tom lief an. Die rechte Torecke wurde geradezu angeboten von Patrick, da er einen Schritt nach links machte. Tom fühlte sich sicher. Er zielte nach rechts. Da war ja nun viel Platz, aber die Kugel klatschte an den Pfosten. Locke ballte die Faust wie einst Boris Becker beim Tennis. Glück gehabt. Tom musste ins Gehäuse.

Joe Kaller ging bestimmt auf zehn Meter Entfernung zum Ball. Dann: Was für ein Anlauf! Als wollte er Tom mit dem Ball durch das Tor jagen. Ein Mordsschuss. Tom reagierte prächtig. Eine Hand bekam er noch irgendwie an das Geschoss, aber davon abgelenkt, sprang das Leder dann doch in die Torecke.

»Irgendwie bin ich froh, dass unser Torwart jetzt dieses Shootout nicht mehr gewinnen kann«, kommentierte Thölle lakonisch. »Ich sehe es nicht so gerne, wenn der Torhüter zum Punkt im Spiel anläuft.« Er wandte sich an Locke. »So, alle Trümpfe liegen jetzt in deiner Hand oder besser gesagt, in deinem Fuß. Also, wenn du das Ding verwandelst, bist du automatisch unser neuer Elfmeterschütze auf dem Platz. Jetzt bin ich gespannt, ob du die Nerven hast.«

Komisch, in diesem Augenblick wurde es dem sonst so selbstbewussten Locke doch etwas mulmig. Alle Mannschaftskollegen und ein paar Trainingszaungäste schauten zu. Sicher keine große Kulisse, aber doch verspürte er eine gewisse Anspannung.

Sorgfältig legte Patrick Schubert den schwarz-weiß gezeichneten Ball auf den Punkt. Joe Kaller versuchte, sich im Tor größer zu machen, als er war. Er pumpte sich geradezu auf. Machte sich ganz breit.

Wie schmal ein Tor von sieben Meter zweiunddreißig doch plötzlich sein kann, ging es Locke kurz durch den Kopf, dann lief er an. Es war ein wunderschönes Gefühl, wenn der Ball am Spann entlanglief und genau die Richtung nahm, die man gewünscht hatte. Wie ein tanzendes Geschoss ging der Schuss etwa zehn Zentimeter halbhoch neben dem linken Pfosten ein und landete. Joe war in die bedrohte Ecke geflogen und hatte dennoch keine Chance gehabt. Patrick Schubert war der Elfmeterschütze von Schalkes U15-Mannschaft für das nächste Spiel!

Beifall kam auf, der von Thölles Stimme aber locker übertönt wurde. »Klare Angelegenheit. Gratulation, Locke, du hast den Wettbewerb gewonnen und Feierabend für heute!«

Donnerstag. Keine Termine. Kein Training, keine Bandprobe. Donnerstag war Eva-Tag. (Matz nannte den Donnerstag gemeinerweise »Ehetag…«)

Schon gegen halb drei tauchte Eva bei Locke auf. Sie hatten vor, sich einen Film im Kino anzusehen. Doch als Erstes gingen sie mit dem immer zotteliger werdenden Poldi eine Runde spazieren. Aber was war bloß heute? Poldi zerrte wie wild an seiner Leine. Eigentlich war das ganz gegen seine Erziehung, denn die Familie Schubert hatte es durch einen Besuch in der Hundeschule hinbekommen, den vierbeinigen Freund gut für den Alltag zu erziehen.

»Was hat er nur?«, fragte sich Eva. »Er ist doch sonst nicht so wild, liegt es vielleicht daran, dass sein Namensgeber Podolski bei den Bayern nicht Stammspieler geworden ist?«

»Was du alles über Fußball weißt…« Patrick grinste. »Aber ich glaube eher, dass Poldi hier irgendwo eine Katze wittert. Das ist ungefähr so, als ob ein Schalker einen BVB-Fan aus Dortmund erblickt. Da wird man schon mal unruhig.«

Eva verzog den Mund. »Eure Rivalität ist manchmal ziemlich albern. Klar, ihr wollt gegen die immer gewinnen, weil es euer Reviernachbar ist. Und schon aus Tradition werden die Spiele gegen die Schwarz-Gelben besonders heftig. Aber dass sich manche Leute deshalb den Kopf einhauen, finde ich schon extrem blöd.«

Erstaunlicherweise nickte Locke und gab seiner Freundin uneingeschränkt recht. »Stimmt, kloppen ist doof, aber Lästern macht Spaß.«

Sie hatten jetzt die Kleingartenanlage erreicht, in der Patrick seinen Poldi gefunden hatte. Oder besser: Poldi hatte ihn gefunden, damals, als er dort sein Lauftraining absolvierte. Plötzlich war der Hund aufgetaucht und Patrick nicht mehr von der Seite gewichen, bis er ihn endlich mit nach Hause genommen hatte.

Eva leinte Poldi ab und der Hund stürmte davon. Er sprang über einen niedrigen Gartenzaun und verschwand im Gebüsch. Eva und Locke schauten sich erschrocken an. Das hatte der Hund noch nie gemacht.

Patrick brüllte: »Pooooooldiiiii!«

Aber Poldi war nicht mehr zu sehen. Ratlos standen die beiden vor dem Gartentor.

»Hallo«, rief Eva, »ist hier jemand?« Doch es rührte sich nichts und auch aus dem kleinen Gartenhaus kam keinerlei Geräusch. Entschlossen kletterte Patrick über den Zaun. Rasch versuchte er, ein paar Zweige des Gebüschs, in dem der Hund verschwunden war, auseinanderzubiegen. Dabei stach er sich an den spitzen Dornen in die Hand, die sofort zu bluten begann.

»Er ist nicht hier«, rief Patrick Eva zu. »Aber hinter dem Strauch ist gleich wieder ein Zaun, zum Nachbargrundstück, mit einem großen Loch. Poldi muss in den nächsten Garten gelaufen sein. Kannst du mal auf der Rückseite nachschauen, ob er da irgendwo ist. Ich warte so lange, vielleicht taucht der Spinner ja wieder auf.«

Eva rannte aufgeregt um das Grundstück herum. Aber auch dort war von Poldi nicht die geringste Spur. Sie rief und wartete zwei, drei Minuten, aber umsonst. Schließlich lief sie wieder zurück.

»Ist er bei dir aufgetaucht?«

Traurig kam ein »Nein!« zurück.

Beide wurden jetzt doch etwas nervös. »Was sollen wir

machen?«, fragte Locke und sah Eva an. Doch die hatte auch keine Antwort. Beide suchten nochmals das gesamte Gelände ab – ohne Erfolg. Poldi blieb verschwunden.

4

»Was ist passiert?« Entsetzt hörten Patricks Eltern, was er und Eva erzählten. Frau Schubert schüttelte den Kopf. »Was kann Poldi denn dazu gebracht haben, einfach wegzulaufen?« Sie sah in die bedrückten Gesichter der beiden vor ihr. »Vielleicht steht er ja gleich vor der Tür und will reingelassen werden.« Sie versuchte ein Lächeln, um Patrick und Eva aufzuheitern. »Oder vielleicht hat er ja eine schöne Hundedame gewittert, ist ihr nach und erlebt gerade ein Liebesabenteuer.«

Aber der Witz zündete nicht recht. Locke verzog nur kurz den Mund und schüttelte dann seinerseits den Kopf. Ratlos schwiegen alle vier für einen Augenblick.

Dann übernahm Herr Schubert die Initiative. »Wir sollten wieder Steckbriefe aushängen, wie damals, als uns Poldi zugelaufen ist.«

Gesagt, getan. Gemeinsam setzten sie sich an den Computer. Nach wenigen Minuten war ein kleines Plakat entstanden. Unter einem sehr schönen Foto von Poldi stand zu lesen:

GESUCHT!!! ENTLAUFEN!!!
MISCHLINGSHUND IN DER KLEINGARTENANLAGE
OVERHOFSTRASSE VERSCHWUNDEN!
WER POLDI FINDET,
ERHÄLT EINE BELOHNUNG VON 50 EURO!!!
HINWEISE AN FAMILIE SCHUBERT
TELEFON 0209–41414

Sie durften keine Zeit versäumen. Als ein Stapel der Zettel ausgedruckt war, rief Patrick seinen Freund Matz an, der alles stehen und liegen ließ und augenblicklich zu ihnen in die Overhofstraße kam. Kaum war er da, rannten die Jungs und Eva los und verteilten in sämtlichen Supermärkten und Geschäften der Umgebung die Ausdrucke, hängten sie an jeden zweiten Baum.

Die Stimmung war sehr gedrückt, denn Poldi war allen ans Herz gewachsen. Beinahe wortlos wurde die Arbeit vollendet und der Abend war natürlich gelaufen. Gemeinsam saßen die drei anschließend in Lockes Zimmer und warteten gespannt auf Anrufe. Aber das Telefon blieb stumm. Nach Stunden des vergeblichen Wartens trennten sich die Freunde deprimiert.

Die Schule am Freitag war eine echte Qual. Die Stunden zogen sich wie Kaugummi. Locke dachte ständig an Poldi. Ihm fiel nochmals ein, wie ihm damals der Hund in der Kleingartenanlage zugelaufen war. Zunächst waren seine Eltern von dem neuen Hausbewohner nicht gerade begeistert gewesen, Poldi hatte es aber verstanden, die Herzen aller schnell zu erobern.

Clever kuschelte er mit Patricks Vater, und tat zumindest so, als ob er alle Anweisungen von Frau Schubert verstehen würde. Lediglich eine Sache konnte man Poldi nicht abgewöhnen. Heimlich schnappte er sich manchmal das gesamte Schuhwerk der Familie und kaute darauf herum. Es verblieben stets Spuren an den Schuhen nach dieser Spezialbehandlung. Einer von Poldis Schneidezähnen war etwas krumm und schief, was sich deutlich auf den misshandelten Tretern abzeichnete. – Aber auch wenn er wegen dieser »Angewohnheit« manchmal Ärger bekommen hatte, war er nach kurzer Zeit der Star der Familie geworden.

Wo konnte der Hund nur stecken? Er war noch nie weggelaufen. Sofort nach Schulschluss beeilten sich Matz, Eva und Locke, in die Overhofstraße zu kommen. Ob wohl jemand angerufen hatte? Doch die Situation war unverändert. Herr Schubert saß daheim am Wohnzimmertisch, sah von seiner Zeitung auf, als die drei hereinstürmten, und hob bedauernd die Schultern. Niemand hatte sich gemeldet.

»Ich habe auch die Polizei über das Verschwinden von Poldi informiert«, berichtete er, »aber die haben nichts von einem zugelaufenen Hund gehört.«

Erstmals seit langer, langer Zeit stiegen Patrick Tränen in die Augen. Verstohlen wischte er sie weg. Eva nahm ihren Locke tröstend in die Arme. Eine Geste, die man sonst eher selten bei ihnen sah …

Auch Vater Schubert versuchte, seinen Sohn zu ermuntern. »Poldi taucht schon wieder auf. Irgendwo muss er ja stecken«, sagte er. »Vielleicht hat er sich ja wirklich verliebt, wie deine Mutter vermutet. Das soll schließlich vorkommen und dann verlieren die Kerle einfach die Übersicht.« Er klopfte Locke auf die Schulter. »Fahr du jetzt mal zum Training nach Schalke, das wird dich auf andere Gedanken bringen.«

Mit den anderen Gedanken war es heute nicht so leicht. Trainer Thölle merkte Locke die Unkonzentriertheit schnell an und kritisierte ihn ungewohnt hart.

»Patrick, wenn du keine Lust hast, muss ich dich nach Hause schicken«, rief er über den Platz. »Von einem Spieler, der in der Nationalelf spielt, erwarte ich was anderes! Nämlich hundert Prozent Einsatz. Aber was ich hier sehe, sind höchstens vierzig Prozent von dem Locke, den ich kenne.«

Locke antwortete nicht. Er zog den Kopf ein und machte verbissen weiter.

Unbemerkt von ihm schlich Matz sich zum Trainer. »Herr Thölle«, sagte er leise, »der Junge hat einen harten Schicksalsschlag erleiden müssen, Poldi ist weg.«

Völlig verständnislos schaute Olaf Thölle den Jungen an. »Was hat denn ein Mann von Bayern München mit dem Gemütszustand einer meiner Spieler zu tun?«

Matz erklärte nun genauer: »Es geht um seinen Hund, der heißt Poldi und ist seit gestern verschwunden«.

Thölle erwies sich als Tierfreund. »Oh, das ist wirklich schlimm«, meinte er, »wir haben auch einen Hund daheim, und wenn der verschwinden würde, dann hätte die ganze Familie ein Problem. Danke für die Information, Matz.«

Der Trainer überlegte einen Augenblick, dann nahm er seine Trillerpfeife, pfiff kräftig über den Platz und rief: »Alle Mann an die Pendel! Heute machen wir Kopfballtraining.«

Die »Pendel« waren Bälle an langen Leinen. Diese konnten in unterschiedliche Höhen gezogen werden. Man lernte daran das exakte Abspringen vor einem Kopfball oder das richtige Treffen mit der Stirn. Alle Spieler machten sich in Richtung dieser Trainingspendel auf. Thölle setzte aber nochmals mit seiner tiefen Stimme nach. »Locke, komm doch mal kurz zu mir.«

Patrick trabte zu seinem Trainer. »Ja, Herr Thölle?«

»Pass auf, Patrick«, sprach der Coach ruhig auf seinen Stürmer ein, »wie du weißt, war ich lange als Spieler in der Bundesliga, und deshalb weiß ich besonders, dass dies Kopfballtraining eine der wichtigsten Grundlagen ist, um gute Leistungen bringen zu können.« Er sah Patrick an. »Ich habe die Geschichte vom Verschwinden deines Hundes gehört und kann gut verstehen, dass dir alle möglichen Gedanken durch den Kopf gehen. Aber trotzdem, versuche jetzt mal, dich auf die Übung heute zu konzentrieren. Ich weiß, es ist schwer, aber indem du nicht bei der Sache bist, holst du den Hund auch nicht zurück. Poldi wird schon wieder auftauchen.«

Thölle klopfte Patrick auf die Schulter. Der nickte tapfer und schlich zu seinen Mannschaftskollegen, um die Arbeit am Pendel aufzunehmen. Locke bemühte sich, aber es blieb eine schlechte Trainingseinheit für ihn …

Samstag. Schulfrei. Normalerweise ein Festtag für Locke. Meist ging er morgens mit Poldi spazieren oder er machte mit dem Hund einen kleinen Dauerlauf. Aber Poldi war noch immer nicht aufgetaucht und es gab auch keinen einzigen Anruf nach der Plakataktion. Traurig saß Familie Schubert um den Frühstückstisch, als es schellte. Die Briefträgerin stand vor der Wohnungstür. Ungewöhnlich, denn normalerweise wurden die ankommenden Briefe einfach in den Postkasten geworfen, unten im Hausflur.

»Ein Einschreiben für Patrick Schubert«, flötete die Dame in der nicht ganz so schicken Postuniform. Sie hielt einen großen Umschlag in der Hand.

»Für mich?«, fragte Locke verwundert.

»Ja, für dich. Du musst den Empfang quittieren. Hier auf dem Zettel.«

So ein Schreiben hatte Locke noch nie bekommen. »Für wen muss ich denn unterschreiben?«

Die Dame schaute auf den Zettel. »Komisch. Da steht nur ein großes X und Hauptpostlager Bochum. Merkwürdig, dadurch kann man den Absender nicht benennen, er bleibt anonym. Aber das geht mich nichts an. Bitte, du musst hier unterschreiben.«

Jetzt kritzelte Patrick seinen Namen auf den hingehaltenen Zettel und nahm den Umschlag entgegen. Eilig machte die Dame von der Post kehrt und verschwand im Treppenhaus.

Locke stand mit dem Umschlag im Wohnzimmer und starrte darauf. Dieser Brief sah ganz merkwürdig aus. Aus einzelnen Buchstaben zusammengeklebt, mal in großen, mal in kleinen, stand sein Name im Adressfeld. Er schaute auf die Rückseite des Kuverts. Auch dort prangte nur ein großes schwarzes X.

Seine Mutter schaute ihm über die Schulter.

»Wirklich sehr merkwürdig. Reiß das Schreiben mal auf.«

Vorsichtig machte sich Patrick zu Werke. Als Erstes fiel ein großes Foto aus dem Umschlag auf den Boden. Schnell bückte er sich und erstarrte fast. Auf dem Foto war Poldi zu sehen. Sein Hund trug ein komisches Trikot in knallroten Farben. Tatsächlich, Poldi in einem Fußballhemd! Was für ein merkwürdiger Anblick. Locke drehte das Bild um. Auch auf der Rückseite waren diese zusammengeklebten Buchstaben.

WIr HaBEn DelNeN HuND! WENN dU iHn GeSUND wiedeRsEHeN mÖChteST, ScHleße Im SplEl gEgen Rot-Weiss Düsseldorf aM soNNtag kEiNe tOrE – uNd SoRGe Dafür, DaSs DeIn VerEIN n i c H t GewINNt. WeNn Du dIcH dAraN häLtst, tAucHt dEin hUND AUcH wIeDeR Auf!!! UNd KoMM niChT auF dIe IdEE, dIE PolIZei zu BENachRichTigen!

Wieder standen Locke Tränen in den Augen. Seine Mutter hatte alles mitgelesen. »Wie gemein, wer kommt denn auf eine solch perverse Idee?«, fragte sie entsetzt. »Wir sollten sofort die Polizei anrufen.«

Locke aber wehrte ab. »Nein, die Kidnapper bringen Poldi sonst um!«

Nachdenklichkeit setzte ein. »Wenigstens wissen wir jetzt, dass Poldi wohlauf ist«, versuchte Frau Schubert, einen positiven Aspekt einzubringen.

Locke nickte traurig. »Aber lass uns nicht mit der Polizei reden. Vielleicht fällt uns ja selber etwas ein. Lass uns das Spiel abwarten. Während der neunzig Minuten könnt ihr ja mal unauffällig die Zuschauer beobachten. Eventuell seht ihr ja was Ungewöhnliches. Soll ich überhaupt spielen?«

Lockes Vater dachte keinen Moment nach. »Aber natürlich!« Er nickte aufgebracht. »Wir lassen uns nicht erpressen. Wo kämen wir denn da hin! Wie feige müssen die sein, wenn sie einen unschuldigen Hund entführen, um ein Fußballspiel zu gewinnen. Okay, wir lassen die Polizei raus, aber du musst unbedingt spielen, und du musst dein Bestes geben, ganz klar!« Er sah Lockes Mutter an. »Mama und ich werden die Augen offen halten. Wir werden diese Mistkerle schon kriegen.«

Der Sonntag begann wie jeder normale Spieltag der U15 von Schalke 04. Gegen acht Uhr traf man sich am Stadiongelände der Gelsenkirchener. Und um neun machte sich der Teambus auf die Fahrt nach Düsseldorf. Die Mannschaftsaufstellung war unverändert, lediglich Tom Derwinski war zum Torwart Nummer eins befördert worden.

Trainer Thölle hatte in der kurzen Besprechung zuvor nochmals auf die besondere Härte der Düsseldorfer und deren fanatisches Publikum hingewiesen.

»Denkt daran, bleibt cool. Spielt schnell über die Außenpositionen und steht hinten kompakt. Dann ist mindestens ein Punkt drin, aber ich hoffe, es werden mehr!«

Während der Busfahrt ging Thölle, ganz gegen seine sonstigen Gewohnheiten, kurz zu Patrick und Matz. »Was ist nun mit deinem Hund Schweini, oder wie heißt der noch mal?«, fragte er Locke.

Der Angesprochene schaute etwas unsicher zuerst seinen Trainer und dann Matz an. »Schweini heißt Poldi und ist unverändert verschwunden«, antwortete er. Durch seinen Kopf rasten die Gedanken wie auf einer Achterbahn. Sollte er Thölle über die Erpressung informieren oder nicht? Dann hörte er sich selber sagen: »Herr Thölle, Poldi wurde entführt.«

»Entführt?«, kam es wie ein Echo zurück.

Und nun sprudelte es aus Patrick nur so heraus. »Ja, und ich soll heute ganz schlecht spielen. Wir dürfen nicht gewinnen, sonst wird Poldi …« Er sprach nicht weiter.

»Was wird Poldi und was hat unser Spiel damit zu tun?«, fragte Olaf Thölle ungläubig.

Locke fand langsam wieder zu etwas ruhigeren Worten.

»Ich habe einen Erpresserbrief bekommen mit einem Foto von Poldi in einem roten Trikot.« Es fiel ihm sichtlich schwer, weiterzuberichten, deshalb übernahm der bestens informierte Matz.

»Die Verbrecher wollen«, erklärte er, »dass Locke heute keine Leistung bringt und am besten noch ein Eigentor schießt, damit Düsseldorf gewinnt. Falls sich Patrick nicht daran hält, wollen diese Schweine Poldi den Hals umdrehen oder so.«

Thölle war völlig von der Rolle. »Ihr habt natürlich sofort die Polizei angerufen, hoffe ich«, meinte er entsetzt. »Aber warum sagt ihr mir das alles erst jetzt? Locke, wir hätten dich doch nie und nimmer für dieses Spiel aufgestellt, wenn ich davon gewusst hätte.«

Patrick schüttelte den Kopf. »Nein, wir haben die Polizei

nicht eingeschaltet«, erwiderte er. »Das war doch eine der Forderungen, die die Erpresser gestellt haben. Meine Familie wird heute beim Spiel auf ungewöhnliche Dinge achten. Normalerweise müssten die Verbrecher doch unter den Zuschauern zu finden sein.«

Thölle schüttelte entsetzt den Kopf. »Eine Riesenidee, ein paar hundert Zuschauer in neunzig Minuten auf Verdachtsmomente hin zu beobachten. Das schafft ja nicht mal der amerikanische Geheimdienst oder James Bond.« Er dachte nach. »Also, Locke, du spielst. Aber bitte wie immer. Ohne Wenn und Aber. Geht das?«

Ein Kopfnicken von Locke musste als Antwort reichen.

»Außerdem informiere ich alle anderen Mannschaftsbetreuer, vertraulich, versteht sich. Wir müssen auf jede Kleinigkeit achten. Vielleicht fällt uns ja gemeinsam etwas auf. Locke, wir bekommen das schon hin. Wir spielen hier ordentlich Fußball und nehmen nicht nur drei Punkte mit nach Hause, sondern auch deinen Hund. Versprochen!«

Freiheit für Poldi!«, hatte Eva am Telefon ausgerufen, als Patrick ihr tags zuvor erzählte, was für ein Brief ihnen ins Haus gekommen war. Eva wäre ohnehin mit nach Düsseldorf zum Spiel gefahren, nun aber gab es noch einen Grund mehr. Und sie hatte erklärt, sie werde an diesem Sonntagnachmittag Detektiv spielen.

Sie und Lockes Eltern waren diesmal schon früher als sonst zum Platz der Düsseldorfer gefahren. Bereits um zehn Uhr, eine geschlagene Stunde vor der Anstoßzeit, trafen sie in dem kleinen Stadion ein. Noch war weit und breit kein Zuschauer zu sehen.

Es war ein schöner Herbsttag, die Sonne schien und verbreitete eine milde, angenehme Wärme. Ein kleiner Getränkestand wurde aufgebaut, wo es Kaffee, Limonade, belegte Brötchen und Softdrinks gab. Leider gab es dort aber auch schon am frühen Morgen Bier. Genauer gesagt, Altbier, eine Spezialität von Düsseldorf und Umgebung. Eva merkte gerade spitzzüngig an, dass die Düsseldorfer sich wohl Mut für das Spiel antrinken müssten, als die ersten Zuschauer eintrafen. Herr Schubert setzte sich in die vorderste Reihe der alten Holztribüne, während Eva und Sandra Schubert zu einem kleinen Rundgang über das Sportplatzgelände starteten.

Das Stadion von Rot-Weiß lag in einem Industriegelände. Rundherum gab es kleinere Firmen: einen Getränkemarkt, eine Schreinerei, ein Geschäft, das Gasflaschen vertrieb, und einen Fachmarkt für Tierfutter. »Hottes Tierfutter« stand auf einem großen Schild zu lesen. Aus dem Markt kamen gerade drei Leute heraus. Einer von ihnen, ein unheimlich dicker Typ, verschloss die dunkel verglaste Tür sorgfältig hinter sich. Dann schlenderten die drei langsam Richtung Eingangstor zum Stadion.

»Merkwürdig«, bemerkte Eva, »sonntags um kurz nach zehn kommen Männer aus einem Tierfutterladen und gehen zum Fußball…«

Die drei Fußballfreunde unterhielten sich lautstark. »Rot-Weiß haut den Schalkern heute die Bude voll, da bin ich sicher«, tönte der dicke Typ. Er schwenkte den Schlüssel in der Hand, offenbar gehörte ihm die Futterhandlung. »Dieser Patrick Schubert, Locke nennen sie den, glaube ich, dieser Möchtegern-Nationalspieler… kein Land wird der sehen. Mein Sohn spielt gegen ihn, *den* sollte mal der DFB beobachten. Das wäre ein Kandidat für die Europameisterschaft nächstes Jahr.«

Einer der beiden, die neben ihm liefen, fragte nach.

»Und was ist mit dem Türken, der bei den Schalkern mit dabei ist? Sag mal Hotte, spielt der nicht in der türkischen U15-Nationalelf?«

Der dicke Wortführer, das musste wohl Hotte sein, schnaubte verächtlich durch die Nase. »Die Türken können wohl einigermaßen Döner und so 'n Zeug machen«, meinte er großspurig, »aber Fußball können die nicht spielen.«

Die drei selbst ernannten Experten steuerten sofort den Getränkestand an. »Drei Alt, aber zack, zack!«, lautete die unfreundliche Bestellung von Hotte.

Sandra Schubert schüttelte den Kopf. »Wie kann man nur so überheblich sein und das an einem so schönen Sonntagmorgen.«

Inzwischen waren auch die Spieler eingetroffen – es ging auf halb elf zu – und die Mannschaften begannen mit dem

Aufwärmprogramm. Das Stadion füllte sich langsam. Kurz vor Spielbeginn waren etwa vierhundert Besucher da. Rund um den Getränkestand ging es laut her. Dieser Futterhändler Hotte führte das ganz große Wort. Mit seinen fleischigen Händen zeigte er auf den Platz und erklärte jedem, der es hören wollte oder auch nicht: »Achtet auf den Rot-Weißen mit der Nummer vier, das ist Robert, mein Sohn. Ein Top-Spieler, sage ich euch, der wird es diesem Patrick Schubert, diesem Locke schon zeigen.«

Hotte hatte bestimmt bis zu diesem Zeitpunkt schon vier große Flaschen Altbier getrunken und er wurde immer unangenehmer. Dann begann endlich das Spiel.

In den ersten zehn Minuten passierte so gut wie nichts. Wie so oft tasteten sich die Mannschaften zunächst ab. Jeder Spieler lauerte auf die Fehler der anderen, aber bis zu diesem Zeitpunkt machte einfach niemand etwas falsch.

Die Düsseldorfer Nummer vier sah sich jetzt in einen Zweikampf mit Locke verstrickt. Körpertäuschung von Patrick und der Innenverteidiger der Düsseldorfer lief ins Leere. Patrick war vorbei an ihm. Ein zentimetergenauer Pass auf Matz. Der nahm den Ball am rechten Strafraumeck an und schoss sofort. Der Schuss knallte gegen den Pfosten.

Herr Schubert, der auf seinem Tribünenplatz geblieben war, murmelte vor sich hin: »Gut so, zeigt es ihnen.«

Eva und Sandra saßen jetzt neben ihm.

»Irgendwelche besonderen Beobachtungen gemacht?«, fragte er mit Blick auf Eva.

»Außer dass die Zuschauer hier ziemlich viel Bier trinken, schon vor dem Spiel«, gab sie Auskunft, »und offensichtlich etwas großspurig sind, eigentlich nicht.«

In diesem Augenblick musste Torwart Tom einen Schuss

halten, den ein rot-weißer Spieler aus nächster Nähe abgefeuert hatte. Das machte er sehr reaktionsschnell. Normalerweise klatschen an solch einer Stelle des Spiels auch die Anhänger der gegnerischen Mannschaft. In Düsseldorf gab es aber nur Schmährufe für den Torwart.

»Gurkenkönig«, rief einer, was ziemlich übel war.

Die erste Halbzeit hatte keine weiteren Höhepunkte zu bieten, und es stand jetzt, unmittelbar vor der Pause, noch immer 0:0. Am Getränkestand war weiterhin ordentlich gebechert worden und wieder einmal übertönte die Stimme von Hotte alles. »Ich bin mir sicher, dass wir hier die drei Punkte holen. Ganz sicher.«

Eva schüttelte sich angeekelt. »Was macht den nur so sicher?«, fragte sie laut. »Bislang waren unsere mindestens genauso gut.«

Sandra stimmte dem zu und ergänzte: »Den Typ sollten wir mal im Auge behalten!«

Die zweite Halbzeit begann und die Schalker Jungs wurden immer überlegener. Auf dem Platz schien Locke alle Sorgen vergessen zu haben, denn er spielte wirklich ganz, ganz stark. Fast alle Angriffe liefen über ihn und in der siebzigsten Minute nahm er einen Ball aus dem Mittelfeld an, servierte Robert – die Nummer vier der Rot-Weißen – erneut lässig ab und marschierte auf das Tor der Düsseldorfer zu. Der Keeper versuchte zu retten, was nicht mehr zu retten war. Er stürzte aus seinem Kasten und warf sich Locke entgegen. Aber der lupfte das Leder nur leicht über den Mann im Tor und es stand 1:0 für Schalke.

In den Jubel der Gelsenkirchener hörte man die sich überschlagende, angetrunkene Stimme des Tierfutterhändlers: »Das werden sie uns büßen.«

Die Schuberts ließen diesen Hotte jetzt nicht mehr aus den Augen.

Die drei aus der Tierhandlung hatten erheblich an Standfestigkeit verloren, sie kamen jetzt fast torkelnd auf die Tribüne, um sich zu setzen. Dabei trat Hotte, der bestimmt einhundert Kilo schwer war, auf den Fuß von Lockes Vater.

»Aua, können Sie nicht aufpassen«, fuhr Markus Schubert den Düsseldorfer an. Dabei ging sein Blick automatisch nach unten auf seinen schmerzenden Fuß – und den Schuh des Dicken.

Eine Sekunde lang glaubte er, seinen Augen nicht zu trauen. Was war das denn da an dem schwarzen Schuh des Mannes. Das war doch … Genau! Das war der typische, unverkennbare Zahnabdruck, den Poldi hinterließ, wenn er sich über Schuhe hermachte …

Was jetzt? Lockes Vater zwang sich zur Ruhe. Er wartete, bis sich die Männer ein paar Meter weiter gesetzt hatten. Dann flüsterte er seiner Frau die Entdeckung zu: »Sandra, schau dir das an. Einen solchen Zahnabdruck hinterlässt nur Poldi.« Und er zeigte auf Hottes Schuh.

Patricks Mutter reagierte sofort. »Eva, bitte, gehe du zur Mannschaftsbank der Schalker«, sagte sie leise, »wenn das Spiel vorbei ist, müssen wir diesen Mann da verfolgen.« Sie deutete kaum wahrnehmbar auf den Dicken. »Wir brauchen Verstärkung. Schnell!«

Eva kapierte sofort, worum es ging. Sie stand rasch auf und verließ die Tribüne in Richtung Ersatzbank von Schalke. So aufgeregt, wie sie war, achtete sie nicht mehr auf das Spiel. Es war die letzte Minute und ausgerechnet Matz erzielte in diesem Augenblick das 2:0 für die Schalker. Und was jetzt geschah, spottet jedem fairen Fußballspiel. Die Zuschauer pfiffen Matz und die Schalker gnadenlos aus. Matz wurde von Robert, dem Vierer, übel beleidigt.

»Du Kümmeltürke, du Schwachmat!«, schrie er über den Platz.

Matz traute seinen Ohren nicht. Er ging auf Robert zu. »Was hast du gesagt?«

Aber Robert grinste ihn nur an. »Frag nicht so doof oder du nicht deutsch sprechen, häh? Ich kann es auch gerne buchstabieren, damit du's verstehen kannst. Du Kümmeltürke!«

Locke, der unmittelbar daneben gestanden hatte, wollte dazwischengehen. Aber da zischte Robert ihm zu: »Ein falsches Wort von dir und dein Hund ist tot.«

Augenblicklich hatte Locke ein Flimmern vor den Augen. Sein Herz klopfte so, dass es wehtat, und in seinen Ohren rauschte es.

»Na, was ist dein Freund?«, hörte er Robert sagen.

Locke antwortete nicht. In den letzten anderthalb Stunden auf dem Platz hatte er die Sache mit Poldi ganz aus seinem Kopf verdrängt, aber jetzt war ihm schlagartig wieder bewusst, in welcher Gefahr sein Hund war. Das Flimmern vor seinen Augen hörte nicht auf und das Rauschen in den Ohren wurde stärker. Wie aus der Ferne vernahm er, dass Robert die Frage erneut stellte.

»Sag schon, was ist dein Freund Matz?«

Lockes Mund war ganz trocken. Seine Zunge klebte ihm am Gaumen, als er mechanisch murmelte: »... ein Kümm ...«

Erschrocken schlug er seine Hand vor den Mund, aber es war zu spät.

Matz, der Roberts Drohung nicht gehört hatte, der nicht wusste, dass Lockes Hund Poldi in Lebensgefahr schwebte, war wie vom Blitz getroffen. Wortlos drehte er sich um, verließ einfach den Platz – das Spiel war inzwischen abgepfiffen worden – und ging in die Kabine. Niemand sah, wie die Tränen in ihm aufstiegen.

Die Zuschauer verließen das Gelände. Auch die drei Männer neben den Schuberts hatten sich laut schimpfend beim Schlusspfiff von ihren Plätzen erhoben.

»Jetzt ist er dran!«, hatte der dicke Hotte noch wutschnaubend ausgestoßen, und was die drei nicht bemerkten: Eva, Sandra und zwei Mannschaftsbetreuer der Schalker folgten ihnen mit etwas Abstand.

Zielstrebig gingen die Männer wieder auf die Tierhandlung zu. Mühsam zog der Dicke den Schlüssel aus der Tasche. Schwankend stand er vor der Tür, und es dauerte bestimmt eine Minute, bevor er das Schlüsselloch gefunden hatte. Dann betrat er mit seinen Kumpanen das Geschäft. Die Tür fiel hinter ihnen zu. Mit schnellen Schritten waren die Verfolger ebenfalls am Eingang. Sandra legte ein Ohr an die dunkle Glasscheibe und lauschte. Sie hörte ein merkwürdiges Rumoren – und in weiter Entfernung dumpf einen Hund bellen. Sie zuckte zusammen. Es war, als hätte sie ein elektrischer Schlag getroffen.

»Das ist Poldi, der da bellt«, rief sie. »Den höre ich aus Hunderten heraus!«

Ruckartig stieß Eva die – Gott sei Dank unverschlossene – Tür auf und schon stand der kleine Trupp im Halbdunkel des Geschäfts. Jetzt hörten sie ein Scheppern, Glas klirrte laut, und endlich tönte Poldis Bellen überdeutlich durch den Raum. Dann ein Fiepen und ein Winseln, das zeigte, dass Poldi in höchster Not war!

Entschlossen stürmten die zwei Frauen vor, und beide Mannschaftsbetreuer folgten ihnen in die Richtung, aus der der Lärm kam. Hinter einigen Regalen spielte sich eine grauenhafte Szene ab.

Der Dicke hatte ein Seil geknüpft und versuchte, es Poldi über den Kopf zu ziehen. Die beiden anderen Männer bemühten sich, das angstvolle Tier festzuhalten.

»Lassen Sie den Hund sofort los!«, brüllte Sandra die Kerle an.

Die Mannschaftsbetreuer der U15-Spieler, große und kräftige Männer, bauten sich vor den Erpressern auf. Die waren völlig überrumpelt. Völlig gelassen sagte einer der Betreuer mit einer tiefen, ruhigen Stimme: »Geben Sie den Hund her! Um alles Weitere werden sich andere kümmern.« Er griff zu seinem Handy und wählte die Notrufnummer der Düsseldorfer Polizei.

Jetzt begann Hotte, wie ein Waschweib zu heulen. »Ich hab das alles nur für Robert, meinen Sohn, gemacht«, jammerte er. »Der sollte doch auch Nationalspieler werden.« Aber darauf achtete niemand.

Eva saß auf dem Boden, hielt Poldi fest im Arm und kraulte ihm den Hals. Er schien unverletzt zu sein, lediglich etwas nervöser als sonst. Nach ein paar Minuten erhob sie sich und verließ mit Sandra, den Hund noch immer im Arm, den Laden.

Draußen fuhr die Polizei vor.

Locke war gerade auf dem Weg zum Mannschaftsbus, als er seine Mutter, Eva und Poldi sah. Wie von Sinnen stürzte sich der Hund auf ihn und vollführte einen Freudentanz. Locke tanzte mit. Herr Schubert sah der Szene mit einigem Erstaunen zu.

»Wo kommt der denn her? Wo war er? Wie habt ihr ihn gefunden?«, wollte Locke wissen.

Eva lächelte stolz. »Erzähle ich dir nachher alles haarklein beim Essen. Sei froh, dass Poldi wieder da ist und freu dich über den Sieg von Schalke.« Dann fragte sie: »Wo ist überhaupt Matz?«, und sah ihren Freund an.

Patrick wurde sehr blass. »Ich fürchte«, erwiderte er, »ich habe eine ziemliche Dummheit gemacht. Der Verteidiger von Rot-Weiß hat mich zu etwas gezwungen, er hat mir gedroht, dass es Poldi an den Kragen gehen würde. Ich … ich war irgendwie gar nicht richtig bei mir … und da habe ich etwas sehr Schlimmes über Matz gesagt …«

In diesem Augenblick kam sein türkischer Freund. Er würdigte die gesamte Familie und nicht einmal Poldi eines einzigen Blickes, stieg in den Bus und setzte sich auf einen der vorderen Sitze. Dort saß er sonst nie, sondern immer mit Locke in der letzten Reihe.

»Was hast du denn gesagt?«, fragte seine Mutter verwundert.

Locke schluckte. »Ich hab es ja nicht wirklich gesagt, nur etwas nachgesagt eben …« Es klang kläglich. »Dieser Robert hat Kümmeltürke zu ihm gesagt, und ich habe Matz nicht verteidigt, im Gegenteil …«

Eva sah ihn traurig an. »Mensch, Patrick, das ist wirklich schlimm. Trotz der Erpressung von diesem Robert. Aber komm«, forderte sie ihren Freund auf, »jetzt geh in den Bus und entschuldige dich bei Matz. Das kriegt ihr beide schon wieder hin.«

Locke nickte schuldbewusst, dann stieg er in den Bus, um Matz anzusprechen, aber der wandte nur den Kopf ab.

»Ich möchte mich entschuldigen für vorhin«, sagte Patrick leise.

Doch Matz streifte ihn nur mit einem kurzen Blick und erwiderte: »Für mich bist du gestorben.«

Patrick zuckte hilflos die Schultern und setzte sich im hinteren Teil des Busses auf seinen Stammplatz.

Jetzt kamen auch die beiden Mannschaftsbetreuer von ihrem »Kriminaleinsatz« zurück. Der mit der tiefen Stimme raunte Eva, Frau und Herrn Schubert zu: »Unglaublich, auf welche Ideen manche Väter kommen, um ihren Söhnen beim Fußball den Weg zu ebnen … Doch jetzt kümmert sich die Polizei um den Fall.« Er zwinkerte Eva und Lockes Mutter zu. »Aber Respekt meine Damen, sie sollten in einer Krimi-Serie mitspielen.«

Sandra lächelte. »Vielen Dank für das Kompliment. Patrick und Poldi werden Ihnen Ihre Hilfe nie vergessen.«

Nach der Ankunft an der *Arena Auf Schalke* unternahm Patrick einen erneuten Versuch, Matz anzusprechen.

»Matz, bitte, hör doch mal zu«, drängte er, »gib mir zwei Minuten. Ich kann dir alles erklären.«

Sein Freund aber schaute ihn nur an. Dann schulterte er seine Sporttasche und verschwand.

Das hatte es noch nie gegeben. Die beiden waren immer zusammen nach Hause gefahren, egal ob sie gewonnen oder verloren hatten. Patrick schluckte. Bei aller Vorfreude auf den Nachmittag und Abend mit Poldi, Eva und seinen Eltern lag jetzt ein großer schwarzer Schatten auf seiner Seele. War seine Freundschaft mit Matz zerbrochen?

Beim späten Mittagessen – es war längst weit nach drei – gab es natürlich Nudeln mit Fleisch und dazu Salat. Dabei wurde Locke nochmals ausführlich über die Befreiungsaktion von Poldi informiert. Der Hund lag erschöpft in seiner Ecke und schlief.

Dann stellte Herr Schubert die entscheidende Frage: »Was ist nun mit deinem Freund Matz? Habt ihr euch wieder vertragen?«

Locke fielen die Nudeln von der Gabel. »Nein«, erwiderte er, »Matz spricht nicht mehr mit mir.«

»Wie, er spricht nicht mehr mit dir?« Eva sah ihn erschrocken an. »Ist das denn so schlimm mit dem – Entschuldigung, dass ich es nochmals sage – Kümmeltürken? Zumal du es ja nicht mal richtig gesagt hast ... Also, ich meine, das muss doch aus der Welt zu schaffen sein. Schließlich hattest du doch Angst um Poldi. Und du sagst ja selbst, dass du gar nicht richtig bei dir warst ...«

Sandra Schubert sah erst Eva, dann Locke nachdenklich an. Sie hatte lange in einem türkischen Imbiss gearbeitet, damals, nach dem Schlaganfall von Lockes Vater, als in der Familienkasse Geld fehlte.

»Die Menschen in der Türkei sind voller Nationalstolz«, erklärte sie. »Sie lieben ihr Land sehr und im letzten Jahrzehnt ist die Türkei ein gutes Stück vorangekommen auf ihrem Weg zu einem modernen Staat. Was du gesagt hast und wie du dich verhalten hast – das ist schon sehr ehrverletzend.« Sie seufzte. »Natürlich weiß auch ich, dass du unter einem großen Druck gestanden hast. Das allein aber wird dir nicht weiterhelfen. Du musst versuchen, die Mentalität der Menschen aus der Türkei zu verstehen. Dann wird dir Matz sicher auch verzeihen.«

Poldi war in diesem Augenblick wach geworden und bellte zustimmend. Wenigstens musste Locke jetzt lächeln. »Meinst du?«, fragte er seine Mutter.

Sie nickte.

Doch es sollte anders kommen.

Am Montag in der Schule erlebte Locke eine böse Überraschung. Als er morgens den Klassenraum betrat, saß Matz nicht mehr an ihrem gemeinsamen Tisch. Sein Freund hatte den Platz geräumt und mit einem anderen Schüler getauscht. Locke sah Hilfe suchend zu Eva, die schräg vor ihm saß. Aber auch sie zuckte nur irritiert mit den Schultern.

Als die erste große Pause kam, in der die drei normalerweise immer zusammenstanden, hielt sich Matz demonstrativ an einige andere Schüler auf dem Schulhof. Es waren ausschließlich türkische Jungs.

»Was soll ich bloß machen?«, fragte Locke sich laut. »Er ignoriert mich komplett. Kannst du nicht mal mit ihm reden?« Er sah Eva an.

Sie versprach, in der nächsten Pause den Kontakt zu Matz zu suchen. »Komischerweise spricht er auch nicht mehr mit mir«, fügte sie hinzu, »obwohl ich ja eigentlich nichts mit der ganzen Geschichte zu tun habe.«

In der zweiten Pause wiederholte sich das Spiel. Patrick und Eva standen auf der einen Seite des Schulhofs und Matz blieb fern von ihnen auf der anderen. Nun ging Eva wie versprochen quer über den ganzen Pausenhof zu ihm.

Matz begrüßte sie mit einem spöttischen Gesichtsausdruck.

»Schickt Locke dich? Musst jetzt du für den Herrn reden?«

»Lass doch den Quatsch«, erwiderte Eva. »Patrick ist selbst am meisten betroffen. Du weißt doch, wie es um seinen Hund stand und welche Angst er hatte.«

Aber Matz starrte sie fast feindselig an. »Deshalb verrät man nicht seinen besten Freund«, erwiderte er grimmig. »Bei meinen türkischen Leuten würde es so etwas nie geben.« Er machte eine wegwerfende Geste. »Für mich ist die Sache erledigt. Aus, vorbei, verstehst du?«

»Aber Matz…« Eva hob die Stimme. »Was soll denn dann aus der Band werden und aus Schalke 04?«

Matz schaute auf den Boden. »Die Band ist mir egal, aber natürlich spiele ich weiter bei Schalke«, knurrte er. »Und du glaubst nicht, wie gut es sich spielt, wenn man nicht mehr miteinander redet. Das kannst du deinem feinen Freund ruhig so sagen.«

Eva war entsetzt über das sture Verhalten von Matz, aber

sie versuchte es noch einmal. »Und das war dein letztes Wort?«

Matz antwortete jetzt nicht einmal mehr. Er drehte sich einfach um und sprach mit seinen türkischen Freunden weiter, als sei Eva Luft für ihn.

Patrick hatte aus der Ferne zugeschaut. An der Körperhaltung der beiden konnte er ablesen, dass die Unterredung alles andere als freundschaftlich verlaufen war.

Eva kam zurück zu ihm und sagte ganz traurig: »Locke, wir haben wohl ein echtes Problem mit Matz. Er hat dir noch einmal die Freundschaft gekündigt.« Sie räusperte sich. »Und in der Band will er auch nicht mehr spielen.«

6

Und dabei blieb es. Zwar absolvierte Matz sein Programm bei Schalke wie immer, beim Doppelpasstraining harmonierte er sogar gut mit Patrick – ohne allerdings auch nur ein einziges Wort mit ihm zu sprechen. Die Spieler in der Mannschaft bemerkten fast nichts von der Auseinandersetzung der Freunde.

Patrick überlegte kurz, ob er Trainer Thölle etwas von den Problemen mit Matz erzählen sollte, dann entschied er sich jedoch dagegen.

So ging es in der nächsten Zeit weiter. Matz hielt sich komplett von Patrick und Eva fern. Und wie ebenfalls angekündigt war er bei den NEW KICKING DEVILS nicht mehr erschienen.

Pfarrer Kelter, dem Locke natürlich berichtet hatte, was geschehen war, übernahm bei den Proben das Instrument von Matz. Am schwarzen Brett in der Schule aber hatte Locke wohl oder übel einen großen Zettel angebracht:

DRINGEND! NEUES BANDMITGLIED (GITARRIST) FÜR DIE NEW KICKING DEVILS GESUCHT! INTERESSENTEN MELDEN SICH HIER IN DER SCHULE BEI PATRICK ODER EVA!

ÜBRIGENS: WIR HABEN UNS FÜR DEN BAND-WETTBEWERB AM 3. NOVEMBER IN DER ESSENER GRUGAHALLE QUALIFIZIERT!!!

Einige Tage später stellte sich Ronny vor. Ein ruhiger Junge, der eine Klasse weiter war als Locke und Eva. Ben, der

Schlagzeuger, und Thomas, der Mann an den Keyboards, zeigten sich bald total begeistert von Ronnys Künsten an der Gitarre. Doch Ronny interessierte sich nicht die Bohne für Fußball oder andere Dinge. Er ging komplett in der Musik auf. Da er aber ein wirklich angenehmer Zeitgenosse war, integrierte er sich schnell in die Band. Ben und Thomas atmeten auf. Denn nun war der Wettbewerb in Essen nicht mehr gefährdet.

Eva und Locke allerdings vermissten ihren Freund doch sehr und das nicht nur wegen seiner lockeren Sprüche. Für Patrick war es, als wäre ein Stück von ihm selbst abhandengekommen. Aber das Leben musste weitergehen – ohne Matz …

Auch wenn der schmerzende Gedanke an seinen Freund fast immer da war, wurde Patrick bald etwas abgelenkt. Und der Druck, der auf ihm lastete, ließ ein wenig nach: Der DFB hatte zu einem Vorbereitungslehrgang für die U15-Europameisterschaft nach Duisburg geladen. Locke war froh.

Eine Woche würde er komplett andere Leute um sich haben und nicht immer in der Schule oder beim Training mit Matz konfrontiert werden. Zum Abschluss der Lehrgangswoche war ein Länderspiel gegen Luxemburg vorgesehen. Ein leichter Gegner.

In aller Frühe fuhr Sandra ihren Sohn über die A42 nach Duisburg.

»Weißt du noch, wie ich dich beim letzten Mal in Duisburg abgeholt habe. Du warst damals völlig fertig mit der Welt, nachdem dir dieser Erik die Falle mit den Bierdosen gestellt hatte. Euer Nationaltrainer war tatsächlich darauf reingefallen und glaubte, du würdest heimlich Bier trinken.« Sie konnte diese Sache einfach nicht vergessen. »Aber, das hat sich ja hinterher alles prima aufklären lassen!«

Locke antwortete nicht. Nachdenklich sah er vor sich hin.

»Eigentlich klärt sich vieles auf im Leben«, sagte er dann. »Aber ob sich das mit Matz auch noch klären lässt?« Er schluckte und sah aus dem Fenster.

»Bestimmt irgendwann«, erwiderte Lockes Mutter kurz. Sie wollte jetzt nicht wieder dieses Thema ansprechen. Ihr Sohn sollte, so weit es ging, unbeschwert in die Trainingswoche gehen. Um ihn abzulenken, fragte sie: »Was ist eigentlich aus diesem Erik Stössken geworden?«

Locke spürte, was seine Mutter bewog, ihn danach zu fragen, und stieg darauf ein. »Er hatte damals ja eine schwere Verletzung. Wir haben uns im Krankenhaus so richtig ausgesprochen, und er hat zugegeben, dass er mir eine Falle gestellt hat. Vor Angst, aus der Mannschaft verdrängt zu werden. Der Junge hat es nicht gerade leicht. Seine Eltern sind früh gestorben und er lebt in einem Heim. Fußball ist sein Ein und Alles, seine Hoffnung auf ein besseres Leben …« Locke räusperte sich. »Ich habe gehört, dass er nach seiner Verletzung in Berlin wieder Leistung gebracht hat, ziemlich gute sogar. Es kann sein, dass Bundestrainer Stellter ihn erneut ins Team berufen hat. Aber das werde ich ja bald wissen.«

Tatsächlich waren die zwei in diesem Moment vor der Sportschule in Duisburg-Wedau vorgefahren. Das Gebäude war ein Betonbau aus den Sechzigern und wirkte von außen kalt und abweisend wie ein Finanzamt. Innen aber war es durchaus gemütlich und strahlte eine angenehme Atmosphäre aus. Zum Komplex gehörten auch eine große Turnhalle und ein Schwimmbad. Das Wichtigste waren jedoch die Fußballplätze, die sich um die Anlage gruppierten. Acht Plätze mit gepflegtem grünen Rasen! In den angrenzenden Unterkünften war bestimmt Platz für einhundertsechzig

Leute. Die U15-Nationalmannschaft mit ihren Betreuern, Spielern und Trainern umfasste etwa vierzig Personen. Block B war für sie komplett reserviert.

Kaum hatte Sandra Schubert den Wagen angehalten, sprang Locke auch schon auf den Bürgersteig. Er schnappte sich seine Tasche vom Rücksitz und schlug mit Schwung die Türen zu. Lässig grüßend hob er die Hand. Er hasste Abschiedsszenen. Frau Schubert kannte ihren Sohn. Sie grüßte ebenso lässig zurück und sah ihm lächelnd nach, wie er in dem Gebäude verschwand.

Schnellen Schrittes betrat Locke die Empfangshalle. Ein Blick auf die große Uhr sagte ihm, dass es kurz vor sieben und er mehr als pünktlich eingetroffen war. Denn erst um acht Uhr sollten alle da sein. Deswegen wunderte er sich nicht, dass die Halle noch fast leer war. Nur einer der Konditionstrainer und ihr Zeugwart standen schwatzend beieinander. Patrick grüßte mit einem fröhlichen: »Guten Morgen, meine Herren.«

»Wohl aus dem Nest gefallen, der Herr Locke«, entgegnete der Trainer. »Aber wie heißt es so schön: Früher Vogel fängt den Wurm.«

Herzlich schüttelte man sich die Hände. Dann schaute Locke auf die große Tafel, die hier im Eingangsbereich aufgebaut war. Interessiert las er:

DER DFB FREUT SICH, SEINE U15-NATIONALSPIELER IN DUISBURG BEGRÜSSEN ZU KÖNNEN.

Im vorläufigen Kader für die U15-Europameisterschaft 2008 befinden sich:

Nr.01 Torwart Kevin Rott, FC Bayern München
Nr.02 Torwart Sebastian Olf, SSV Ulm 1846
Nr.03 Abwehr Hannes Balder, Lüner SV

Nr.04 Abwehr Mike Rossbach, Hamburger SV
Nr.05 Abwehr Micha Kühn, VFL Bochum
Nr.06 Abwehr Peter Diedrichsen, Holstein Kiel
Nr.07 Abwehr Ingo Dömpf, Dynamo Dresden
Nr.08 Abwehr Hamit Üzly, Wattenscheid 09
Nr.09 Abwehr Ole Stölzing, VFL Neumünster
Nr.10 Mittelfeld Lukas Potborski, 1. FC Köln
Nr.11 Mittelfeld Stephan Baler, 1. FC Kaiserslautern
Nr.12 Mittelfeld Andreas Martin, 1860 München
Nr.13 Mittelfeld Benny Möller, Hannover 96
Nr.14 Mittelfeld Jörg Ahlers, Hertha BSC Berlin
Nr.15 Mittelfeld Kevin Trösch, Bayer Leverkusen
Nr.16 Stürmer Patrick Schubert, FC Schalke 04
Nr.17 Stürmer Erik Stössken, Tasmania 1900 Berlin
Nr.18 Stürmer Heiko Erde, Borussia Dortmund
Nr.19 Stürmer Ümitt Hassan, MSV Duisburg
Nr.20 Stürmer Carsten Bönig, VFB Stuttgart
Nr.21 Stürmer Tani Tanko, Eintracht Frankfurt
Nr.22 Stürmer Ulf Stachovski, RW Essen
Nr.23 Stürmer Steve Richter, FC Bayern München
Nr.24 Stürmer Klaus Angler, FC Augsburg
Nr.25 Torwart Olli Bott, Karlsruher SC

Patrick kannte sie alle. Bis auf Tim Sotters von Werder Bremen, der durch Kevin Trösch von Bayer Leverkusen ersetzt worden war, versammelten sich exakt die gleichen Leute wie beim vorigen Mal. Von Tim wusste er, dass der sich in einem Spiel gegen Bremerhaven 93 den rechten Arm gebrochen hatte und deshalb zurzeit außer Gefecht war … Und er freute sich, als er hinter der Nr.17 den Namen von Erik Stössken sah, seinem einstigen Kontrahenten.

Die Nächsten, die ankamen, waren Kevin Rott, Sebastian Olf, Andreas Martin, Steve Richter und Klaus Angler. Die

Jungs waren um Viertel nach sechs, wie sie lautstark erzählten, mit einer Maschine ab München geflogen.

Bei der Begrüßung lagen sich alle in den Armen. Dadurch hatte Bundestrainer Stettler die Halle fast unbemerkt betreten können. Er stand bei seinen beiden Kollegen und freute sich über die Tatsache, dass die Kameradschaft im Team zu stimmen schien. Wenig später nach dem Münchner Flieger war offensichtlich auch der aus Berlin eingetroffen, denn Jörg Ahlers und Erik Stösskens betraten die Sportschule. Jörg, der Mittelfeldspieler von Hertha BSC, war in den letzten Monaten bestimmt fünfzehn Zentimeter gewachsen. Locke schätzte ihn auf eins neunzig, und es war offensichtlich, dass der Hüne sich seiner Wirkung durchaus bewusst war. Mit einem Lächeln, das selbst La Fee hätte gefährlich werden können, grüßte er aus der Höhe auf alle herab. Klar gab es den einen oder anderen Spruch.

»Bei der Größe«, meinte Kevin Rott grinsend, »müsste man dich eigentlich Funkturm nennen.« Und damit war dann auch der neue Spitzname für Jörg perfekt.

Erik hatte sich eher still und leise – ganz im Gegensatz zu seinem früheren Auftreten – zu den anderen gestellt. Allerdings fiel seine Begrüßung von Locke besonders herzlich aus. Er boxte ihn freundschaftlich.

»Patrick, ich verspreche dir, dass ich nie wieder eine Bierdose in die Hand nehme.« Er lachte. »Eigentlich weiß ich gar nicht, was das ist, eine Bierdose, echt!«

Und Locke schlug in die gleiche Kerbe. »Vielleicht ein Behälter mit einem Mix, der total blöd macht, oder?«

Er erwiderte das Lachen von Erik und die beiden Jungs – ein bisschen gerührt – umarmten sich, als ob sie einen Friedensvertrag für die ganze Welt damit besiegeln könnten.

Pünktlich um acht war der gesamte Kader anwesend und Bundestrainer Stettler blickte auf die versammelte Nachwuchshoffnung des deutschen Fußballs.

»Meine Herren…« Diese Floskel hatte er also beibehalten. »Ich freue mich, dass ich euch eine Woche hier in Duisburg zur Vorbereitung auf die Europameisterschaft 2008 begrüßen kann.« Dann ein Räuspern und ebenso geradlinig, wie man ihn kannte, ging es weiter: »Leider haben sich die Regeln noch nicht geändert. Nach wie vor braucht eine Mannschaft nur elf Spieler und noch einmal so viele für die Ersatzbank. Wir werden also nur 22 Spieler für das Turnier melden dürfen.« Wieder ein Räuspern und er fuhr fort: »Einige von euch werden also nicht dabei sein können. Aber damit geht für niemanden die Welt unter. Wir werden hart arbeiten, aber nicht verbissen. Kameradschaft und Fairness bleiben das oberste Gebot des Trainingslagers. Das muss allen klar sein.«

Er sah in die Runde und die Jungs nickten ihm zu.

»Gut«, sprach er weiter und ging nach diesen allgemeinen Bemerkungen nun auf das Konkrete ein. »Wir treffen uns vor der EM noch einmal im April 2008 in Barsinghausen bei Hannover. Und dann beginnt Ende April in Berlin, etwa eine Woche vor dem ersten Spiel gegen die Türkei, unsere direkte Vorbereitung.« Er nickte nachdrücklich. »Meine Herren, ich erwarte absolute Konzentration und Disziplin. Aber das kennt ihr ja schon. Selbstverständlich darf aber auch wieder gelacht und gute Ideen dürfen gerne an die Teamleitung weitergegeben werden.« Er hob seine Stimme. »Und jetzt noch eine gute Nachricht, wie ich denke. Wir haben mit euren Schulleitungen gesprochen. Bei den anstehenden Lehrgängen der U15-Nationalmannschaft werden wir auf den sonst üblichen parallelen Schulunterricht verzichten.«

Ohrenbetäubender Lärm machte sich in der Empfangshalle breit.

»Ruhe, meine Herren«, brüllte Stettler. »Jetzt kommt die schlechte Nachricht. Ihr werdet in euren Schulen zukünftig einen speziellen Nachhilfeunterricht bekommen. Der DFB möchte nicht schuld daran sein, wenn ihr keine guten Zensuren erreicht.« Ein leichtes Stöhnen ging durch den Raum. »Und nun zur Zimmereinteilung.« Unbeirrt zückte Stettler eine Liste. »Rott und Olf, wie immer zusammen.«

Gespannt wartete Locke auf die Mitteilung, mit wem er die Bude teilen würde, und es war keine Überraschung für ihn, als er Stettler sagen hörte: »Unsere Sturmhoffnungen Schubert und Stössler beziehen das Zimmer Nummer 9.«

Diesmal freute Locke sich darüber. Erik und er griffen nach ihren Sporttaschen und machten sich auf den Weg in ihr Zimmer. Sie mussten sich rasch umziehen, denn die ersten Trainingsstunden sollten gleich beginnen. Sie waren für neun Uhr angesetzt.

Eine Viertelstunde später ging es los. Und eines war von der ersten Minute an für jeden klar zu sehen: Erik und Patrick passten auf dem Platz klasse zusammen. Heiko Erde, der eigentliche Stürmer Nummer eins, musste anerkennen – nach Vergleichsforderung –, dass beide große Fortschritte gemacht hatten. Erik war der typische Stoßstürmer, etwas kantig, vielleicht nicht besonders elegant, aber sehr kampf- und kopfballstark. Er hatte einen Schuss, der geradezu gemeingefährlich war. Locke dagegen kam mit seiner blendenden Technik und seiner Schnelligkeit oft in den Rücken der Abwehr und konnte auf dieser Weise so manches Tor vorbereiten. Trotz der eminenten Verbesserungen bei Erik begann Stettler in den Testspielen jedoch meist mit der Kombination Heiko Erde/Patrick Schubert. Heiko war, technisch betrachtet, doch noch einen Tick besser als Erik Stössken. In der zweiten Halbzeit wurde dann Erik für Heiko eingewechselt und der Berliner Junge von Tasmania 1900 erwies sich mehr als einmal als der ideale Joker.

So waren eigentlich alle glücklich und zufrieden. Ein super Training, alles klappte wie am Schnürchen, und Locke war glücklich, wie seit langem nicht.

Den Trainingsbetrieb bei den NEW KICKING DEVILS hielt derweil Eva aufrecht. Sie hatte Pfarrer Kelter dazu gebracht, in Lockes Abwesenheit dessen Instrument zu übernehmen, und Ronny hatte sich sensationell in die Band eingeführt. Mehrfach in dieser Woche übten sie ihre Songs für den bevorstehenden Wettbewerb in Essen.

Pfarrer Kelter war ideal für die Gruppe. Der Gottesmann hatte echtes Showtalent. Unter seiner Anleitung bewegten sich die DEVILS auf der Bühne viel besser als sonst, und auch die Zwischentexte, die Eva sprach, wurden mit seinen Anweisungen und Korrekturen immer geschliffener.

Kelter scherzte gern mit den Worten: »Wer auf der Kanzel überzeugen kann, der ist schon mit einem Bein im Showgeschäft. Der liebe Gott möge mir verzeihen, aber auch in der Kirche braucht man Marketing.«

Die Gruppe arbeitete besonders intensiv an den eigenen Songs. Neben SCHULTERROR hatte man angefangen – Eva war nun doch überzeugt worden – einen rockigen Fußballsong einzustudieren. Es sollte eine Überraschung für Locke werden.

Der Aufbau und die Präsentation des Songs sahen so aus: Eva stellte sich an den Rand der Bühne und rief gespielt aufgeregt ins – noch vermeintliche – Publikum: »Was wollt ihr jetzt hören?«

Die anderen Bandmitglieder riefen dann von hinten: »Fußball!«

Daraufhin drehte Eva sich zur Band um und rief: »Wie kann man Fußball denn hören?«

Nun begann ein wildes Schlagzeugsolo von Ben, das dann langsam in eine rhythmische Abfolge überging. Es klang ein wenig nach *»We will rock you«* von Queen. Es animierte total zum Mitklatschen. Dann hörte man die raue Stimme von Ronny. Fast heiser, total gekonnt, begann er zu singen: »Wo träumt man fast vom freien Fall?«

Alle Bandmitglieder stimmten ein: »Beim Fußball!«

Der Sound wurde nun etwas melodiöser, und zur Leadgitarre von Pfarrer Kelter sang Eva: »Samstag, Samstag, kann ich jetzt vergessen, denn mein Freund, mein Freund, der sieht den ganzen Tag nur …«

Die gesamte Band stimmte wieder ein: »Fußball!«

Ronny ging nun ebenfalls vor an den Bühnenrand und stieß Eva spielerisch in die Seite. Dann sang er rockig nach einem alten Schlager: »Fußball ist unser Leben, denn König Fußball regiert die Welt.«

Nun setzte sich Eva wieder in Szene, die ihrerseits Ronny wegschupste und theatralisch anstimmte: »You'll never walk alone!«

Diese Zeile wiederholte nun die gesamte Band: »You'll never walk alone!«

Es folgte ein Bassgitarrensolo von Ronny und die Band sang danach gemeinsam: »Fußball, immer wieder Fußball, und was rollt, ist auch das *Geld.*«

Eva unterbrach den Chor dann mit der Zeile: »Doch die Hoffnung, die Hoffnung lass ich mir nicht nehmen, *Freundschaft* schafft der Ball in jedem Teil der Welt!«

Die Band fiel nochmals ein mit: »Fußball, immer wieder Fußball, und was rollt, ist auch das Geld«

Und noch einmal hielt Eva dagegen mit ihrer Zeile: Freundschaft schafft der Ball in jedem Teil der Welt!«

Dann kam das Finale, denn Eva sang: »Königsblauer S 04, Königsblau ist Schalke, König bist du im Revier – Königsblauer S 04!!!«

Es war Evas Idee, mehrere Sounds und Melodien geschickt miteinander zu vermischen. Durch Kelters Inszenierung dann wurde das Stück tatsächlich so etwas wie Rock-Theater.

»Die Essener und Dortmunder werden euch wohl in der Grugahalle auspfeifen«, meinte der Pfarrer, »aber provozieren will auch gelernt sein. Und ihr könnt es!«

Nach einer der Proben fragte Kelter bei Eva nach Matz, aber die schüttelte nur den Kopf. »Er hat sich völlig verschlossen. Auch mit mir spricht er kein Wort. Haben Sie nicht eine Idee, Herr Pfarrer, wie wir an ihn herankommen könnten?«

Kelter überlegte. »Er gehört ja nicht zu unserer Gemeinde«, sagte er dann, »aber ich werde meinen Kollegen aus der Moschee in Essen-Katernberg mal auf den Fall ansprechen. Dorthin geht Matz mit seiner Familie zum Freitagsgebet. Wir dürfen ihn nicht aufgeben. Vielleicht kann uns der Imam helfen …

Das Abschlussspiel gegen Luxemburg nahte. Es war für Sonntag um 14 Uhr im Fußballstadion von Oberhausen angesetzt.

Die Mannschaft saß im Bus auf der kurzen Fahrt dorthin. Wie selbstverständlich saßen Locke und Erik nebeneinander auf einer Bank.

Die beiden Stürmer hatten abends, nach den Trainingseinheiten, viel Zeit gehabt, sich auszutauschen. Erik hatte sich immer mehr geöffnet und Locke wusste nun alles über den Jungen aus Berlin. Insgeheim dankte er dem lieben Gott, dass ihm ein Schicksal, wie Erik es hatte, erspart geblieben war. Ein Leben ohne Eltern …

Patrick hatte im Gegenzug von seinen Sorgen und Problemen erzählt, auch über den Zwischenfall mit Matz. Erik kannte in Berlin viele türkische Jungs und erzählte Locke über deren Liebe zu ihrem Land. Doch eine Idee, wie man die Sache aus der Welt bekommen könnte, hatte er auch nicht …

Locke konzentrierte sich auf das Spiel, das vor ihnen lag. Er hatte die Formation genau im Kopf, die Stettler gestern an die Tafel geschrieben hatte:

Kevin Rott

Mike Rossbach Hamit Üzly Hannes Balder Micha Kühn

Ole Stölzing

Andreas Martin Jörg Ahlers Lukas Potborski

Patrick Schubert Heiko Erde

Ersatz: Sebastian Olf, Peter Dietrichsen, Stephan Baler, Benny Möller, Tani Tanko, Steve Richter und schließlich Erik Stössken – auch er, wie im Training so oft, erst einmal auf der Reservebank. Erik hatte das ohne Murren und Knurren akzeptiert.

Die Mannschaft traf im Stadion ein. Patrick sah, dass das Rund sich offenbar sehr langsam füllte, was wohl an dem harmlosen Gegner Luxemburg lag. In den letzten drei Jahren hatten die Jungs von dort fast alle Spiele verloren.

Kurz vor dem Anpfiff des Schiedsrichters aus Holland zählten die Veranstalter etwa dreitausend Zuschauer, was für ein solches Testspiel dann doch nicht wirklich schlecht war. Auf dem Stadiondach wehten die Fahnen von Luxemburg, Deutschland und der UEFA freundlich nebeneinander.

Vor dem Spiel hatte die UEFA auch noch eine Durchsage organisiert, dass man Rassismus und Nationalismus keine Chance geben sollte, und das Publikum klatschte zustimmend zu dieser Ansage.

Als Kommentar murmelte Eva auf der Tribüne in sich hinein: »Hätte Locke sich das nur mal früher zu Herzen genommen.« Aber sie wusste natürlich am besten, dass Patrick seinen Ausrutscher mehr als bereute …

Eva und Lockes Eltern waren längst anwesend im Stadion. Locke hatte ihnen drei gute Freikarten besorgt. Hund Poldi allerdings war nicht mit von der Partie, er musste bei den Nachbarn bleiben, da er die Kombination Fußball und Patrick nicht ertrug. Es war schon mehrfach passiert, dass er sich wie der Chef des Stadions aufspielte. Bellend hatte er dann immer an der Linie gestanden und wollte so gerne zu Locke und zum Ball. In Herne, es war noch gar nicht lange her, hatte er sich plötzlich losgerissen und dafür gesorgt, dass die Begegnung für einige Minuten unterbrochen werden musste. Seit diesem Zwischenfall wurde Poldi nicht mehr zu Spielen mitgenommen.

Es war eine sehr einseitige Angelegenheit da unten auf dem grünen Rasen. Schon nach zehn Minuten führte Deutschland nach Toren von Heiko Erde und gleich zweimal hintereinander von Lukas Potborski mit 3:0. Man merkte der Partie mehr als nur einen Klassenunterschied an. Klar, die U15-Spieler aus Luxemburg spielten bei kleinen Vereinen wie Avenir Beggen und Jeunesse Esch und die deutschen Jungs trainierten teilweise schon fast unter Profibedingungen, aber so einfach hatte man sich das hier doch nicht vorgestellt. In Minute zwölf bekam die Luxemburger Abwehr den Ball einfach nicht mehr aus dem eigenen Sechzehner heraus. Locke konnte aus zwölf Metern Entfernung einen Abpraller unter die Latte des Luxemburger Tores schießen. 4:0!

Freundliches Abklatschen war die Folge, aber kein übermäßiger Jubel. Kevin Rott bekam nicht einen einzigen Ball auf sein Tor und die deutsche Abwehr konnte sich am Sturmlauf beteiligen. So war es kein Wunder, dass Hannes Balder, der Innenverteidiger, sich zum ersten Mal in seiner U15-Laufbahn auch als Torschütze eintragen konnte. Nach einer Ecke von Jörg Ahlers hatte er frei stehend aus sieben Metern den Ball als Aufsetzer in das gegnerische Tor köpfen können. Lediglich der Luxemburger Torhüter Guy Hellers verhinderte bis zur Pause ein wahres Schützenfest. Mit 5:0 ging es in die Kabinen.

Trainer Stellter hatte natürlich wenig zu sagen in der Halbzeitpause.

»Macht so weiter und nicht überheblich werden. Übrigens, Erik, lauf dich jetzt intensiv warm, du kommst in der sechzigsten Minute für Heiko Erde. Ich will doch mal testen, wie ihr zwei, Locke und du, unter Länderspielbedingungen klarkommt.«

Dann ging es auch schon wieder raus in die zweiten fünfundvierzig Minuten. Sie wurden zu einem Spiegelbild der ersten Hälfte. Deutschland spielte auf ein weiteres rasches Tor, und es war Heiko, der sich in der neunundfünfzigsten Minute, kurz vor seiner Auswechslung, ebenfalls zum zweiten Mal in diesem Spiel, in die Torschützenliste eintrug. Beim Stand von 6:0 kam Erik auf den Rasen. Und es war so, als ob er und Patrick schon immer zusammengespielt hätten. Nur vier Minuten nach dem 6:0 war Locke auf der rechten Seite seinem Gegenspieler entwischt. Ein kurzer Blick nach innen. Da stand Erik. Locke legte perfekt auf. Stösken musste nur noch die Innenseite hinhalten. 7:0! Jörg Ahlers, der Mittelfeldstratege, den alle jetzt wirklich nur noch Funkturm riefen, köpfte zum 8:0 ein. Und drei Minuten vor Schluss, nach einem munteren Auswechselspiel der deutschen Mannschaft, konnte Erik nochmals nach einer schönen Vorarbeit von Locke zum 9:0 einschießen. Der Schlusspfiff war für die bedauernswerten Luxemburger die Erlösung.

In der Umkleidekabine dann eröffnete Trainer Stettler – wie zu erwarten – seinem Kader, dass er außerordentlich zufrieden mit der Woche in Duisburg gewesen sei und dass alle Anwesenden wohl, wenn nichts Außergewöhnliches passieren würde, im April zum nächsten Test nach Barsinghausen bei Hannover kommen könnten.

»Allerdings«, so fügte er hinzu, »wartet dann ein internationaler Testgegner allerbester Klasse auf euch. Im Frühjahr sind die Argentinier auf einer Europa-Tournee, und gegen die könnt ihr dann zeigen, was ihr wirklich könnt. Die U15 aus Argentinien gilt als eine der besten Jugendmannschaften der Welt.«

Langsam wurde es prekär für die U15 von Schalke 04. Das Zerwürfnis zwischen Locke und Matz hatte Folgen. Es gab überraschende Niederlagen, wie gegen die Mannschaft von Westfalia Herne. Auch in Erkenschwick verlor Schalkes Nachwuchs mit 1:2, und das lag, wie Trainer Thölle unschwer sah, am fehlenden Zusammenspiel der beiden Freunde.

Waren sie überhaupt noch Freunde?, fragte Thölle sich. Für ihn war es offensichtlich, dass es mit den beiden nicht mehr hundertprozentig klappte.

Eines Tages nach dem Training zitierte er Patrick und Matz zu sich ins Trainerzimmer.

»Jungs, ich merke doch, dass mit euch etwas nicht stimmt. Ihr bemüht euch zwar immer in den Spielen, aber eure alte Harmonie und Spielfreude ist irgendwie dahin. Also, raus mit der Sprache, welche Laus ist euch über die Leber gelaufen?«

Die beiden saßen demonstrativ zwei Meter auseinander. Matz räusperte sich. »Nichts, was soll schon sein?«, presste er dann heraus.

Thölle stutzte. »Für gute Freunde geht ihr sehr merkwürdig miteinander um«, sagte er und sah nun Locke an.

Der holte Luft. »Ich dachte, der alte Spruch von den elf Freunden, die wir sein müssen, zählt im modernen Fußball nicht mehr«, erwiderte er trotzig.

Jetzt wurde Thölle fast böse. »Was redest du da für einen Unsinn, Locke.« Seine Stimme verlor etwas von ihrer sonstigen Ruhe. »Ich dachte immer, du wärst ein vernünftiger

Junge mit ordentlichen Ansichten, aber davon merke ich gerade nicht viel. Ist schon richtig, Busenfreunde können und müssen nicht alle sein, aber wenn zwei Mannschaftskollegen absolut nicht mehr miteinander können, dann leidet das gesamte Team. Deshalb rede ich jetzt mal Klartext: Ich schaue mir das nicht mehr lange mit an. Wenn ihr nicht wieder vernünftigen Kontakt zueinander findet, dann werde ich abwechselnd auf euch verzichten, einen Sonntag auf dich, Matz, und den nächsten auf dich, Locke. Dann wisst ihr auch, was moderner Fußball ist: Das nennt man dann Rotation und diesen Begriff habt ihr bestimmt schon mal von Bayern-Trainer Ottmar Hitzfeld gehört – oder?«

Matz sah Locke kalt an. »Trotz der Rotation sind die Bayernspieler aber fast alle Nationalspieler. Was soll's also? Solange ich für die Türkei spiele, ist mir das dann auch fast egal.«

Jetzt wurde Thölle laut. »Okay«, bestimmte er resolut, dann bist du der Erste, der aussetzt. Kommenden Sonntag sitzt du auf der Bank! Ich werde euch im Training beobachten. Alles andere liegt an euch. Und jetzt raus hier. Ihr benehmt euch wie kleine Kinder!«

Draußen fauchte Matz seinen Ex-Freund nochmals an: »Und wenn ich nur alle drei Wochen spielen würde, bei der Europameisterschaft nehmen wir Türken euch auseinander. Von wegen Kümmeltürken!«

Locke versuchte noch einen Widerspruch. »Matz, lass dir doch erklären … es war …«

Aber Matz hatte seine Sporttasche schon geschultert und entfernte sich von Patrick, ohne sich auch nur einmal umzudrehen.

Gott sei Dank wurde Patrick in den folgenden Wochen abgelenkt von dem Dilemma mit Matz. Die Proben für den

Band-Contest in der Essener Grugahalle wurden intensiver, denn das Ereignis rückte unaufhaltsam näher.

Die Band machte Riesenfortschritte. Das Zusammenspiel hatte sich mächtig verbessert, und auch was die Show anging, erkannte man die DEVILS kaum wieder. Am Morgen des 3. November war es endlich so weit. Es begann mit einer Gruppe aus Essen, die auf den merkwürdigen Namen *»Zitronenpresse«* hörte. Und für die Mitglieder der DEVILS klang die Band auch so. Laut, etwas unkoordiniert. Das Wort Melodie hatten die fünf wilden Jungs anscheinend noch nie gehört.

Etwa zweitausendfünfhundert Musikbegeisterte hörten die Songs, die, wie Locke fand, ebenso bescheuert hießen wie die Gruppe selber. Seine Freundin Eva stand mit den anderen DEVILS im Backstage-Bereich und lästerte besonders über das Lied »Der blaue Fußnagel …«. Erstaunt aber nahmen sie zur Kenntnis, wie begeistert ein Teil des Publikums die Zitronenpresse feierte.

»Da kann man es ja mit der Angst zu tun bekommen. Die sind nicht wirklich gut, aber die Freaks da unten stehen kurz vor der Exstase«, meinte Locke. Er runzelte besorgt die Stirn und blickte zu Kelter.

Der nickte. »Es ist schon so, die beste Band soll per Stimmkarte von den Leuten hier gewählt werden. Wer also viele Fans dabeihat, der wird auch gute Chancen haben«, sagte er.

Patricks Laune wurde nicht besser. »Dann sieht es für uns nicht so gut aus«, überlegte er laut. Wir haben wohl höchstens hundert Leute aus Gelsenkirchen mitgebracht, oder?«

Da lächelte Kelter. »Nun, euer Mann Gottes hat aber auch noch die gesamte U15 von Blau-Weiß überzeugt, hierher zu kommen. Und deren Freunde und die Freunde der

Freunde. Und aus eurer Schule werden bestimmt auch Fans gekommen sein. Schließlich ist ja allgemein bekannt, dass ihr heute hier spielt. Also, so gute hundert mehr könnt ihr schon einplanen.«

Jetzt schaltete sich Ronny ein. Bisher hatte er sich, wie fast immer, ziemlich still verhalten. »Ehrlich, ich brauch kein Stimmvieh«, sagte er aufgebracht, »die Leute sollen uns aus Überzeugung wählen und nicht, weil sie uns kennen.«

Kelter war beeindruckt. »So sprechen sonst nur stolze Indianer«, antwortete er, »aber natürlich hast du recht.«

Die Leute von *Zitronenpresse* waren nun hinter die Bühne gekommen, und Eva machte eine Bemerkung: »Super, Jungs, toller Auftritt – da kann man ja richtig sauer werden.«

Der Sänger, der ein gelbes Halstuch trug, scherzte zurück. »Ha, ha, klasse Wortwitz hat die Dame von den DEVILS. Wohl 'nen Clown zum Frühstück gegessen ...«

Eva lächelte und wollte noch etwas erwidern, aber da dröhnte die Stimme des Moderators bis in den Backstage-Bereich und übertönte alles.

Joachim Kess, der Chef vom Rockbüro, hatte die Moderation selbst übernommen. Er kündigte nun mit großen Worten die nächsten Teilnehmer an. Eva staunte nicht schlecht, als sie hörte: »Wir haben eine reine Mädchenband am Start. Die Ladys kommen aus Recklinghausen und hören ebenfalls auf einen deutschen Namen, hoffentlich ist er nicht Programm. Ich weiß aber, dass die Truppe in Recklinghausen und Umgebung schon echte Live-Triumphe gefeiert hat. Liebe Rockfans, hier kommen die *Heulsusen!*«

Lediglich zaghafter Beifall kam auf, was darauf schließen ließ, dass die *Heulsusen* nicht gerade viele Fans mitgebracht hatten. Die Mädels aber hatten es in sich. Zunächst interpretierten sie zwei ältere Titel von Blondie, die in ihrer Bearbeitung neu und echt cool klangen. Die Zuhörer tauten langsam auf, und da die Girls es auch noch durch ihre Optik und ihre temperamentvolle Bühnenshow schafften, die Zweitausendfünfhundert in der Halle auf ihre Seite zu ziehen, kam von Locke ein Anerkennendes: »Die gehören für mich jetzt schon zu den Favoriten.«

Und auch Ronny äußerte sich betont kurz und sachlich: »Handwerklich perfekt.«

Die Show der Heulsusen endete schließlich mit »Perfekte Welle« von Juli. Ohrenbetäubender Jubel war die Antwort. Die Mädels hatten es tatsächlich geschafft, innerhalb der zur Verfügung stehenden zwanzig Minuten einen starken Eindruck zu hinterlassen.

Das Los hatte ergeben, dass die NEW KICKING DEVILS erst als zehnte Band auf die Bühne mussten. Patrick hasste diese Warterei. Sie machte ihn nervös. Doch die Zeit verging dennoch schnell, denn er und die anderen DEVILS hörten sich alle Gegner im Wettbewerb genau an. Die nächsten sechs Bands brachten aber nichts wirklich Originelles auf die Bühne … Jetzt aber kündigte Joachim Kess die Startnummer neun an – und es wurde besonders laut in der Grugahalle.

»Liebe Rockfreunde«, rief er ins Mikro, »die nächsten Kandidaten kommen aus Duisburg-Marxloh. Sie proben dort in einem Hochbunker aus dem Zweiten Weltkrieg. Das Besondere an der Gruppe ist, dass alle vier Bandmitglieder in der Türkei geboren wurden, aber seit fünfzehn Jahren mit ihren Eltern in Marxloh wohnen. Sie haben es geschafft, eine Mischung aus orientalischer und westlicher Rockmusik zu fabrizieren. Der Name ist gleichzeitig die Metropole Nummer eins in der Türkei – hier kommen für euch *Istanbul!*«

Unter den anwesenden Rockfans befanden sich mindestens siebenhundert Freunde der Band. Die Halle flippte förmlich aus. Sprechchöre wurden laut: »Turkye! Turkye! Turkye!«

Die Band hatte die Bühne komplett verdunkeln lassen. Ein wildes Gitarrensolo erhob sich. Lichtbündel zuckten vom Bühnenhintergrund in die Halle und zurück. Es sah aus, als würden tausende Menschen zeitgleich ein Foto schießen. Fotohandys wurden hochgehalten. Ein Blitzlichtgewitter ging über die Köpfe der Fans, und dann die Überraschung: *Istanbul* sang nur eigene Songs. Das hatte sich bis hierhin keine andere Gruppe getraut. In einem der Lieder ging es um das Leben eines türkischen Jungen im Ruhrgebiet und um die Probleme, die er bisweilen hat. Ähnliche Songs folgten. Der Höhepunkt aber war das Lied »Mein deutscher Freund«. Es war ein sehr ruhiger, einfühlsamer Song:

Hast mich nie verraten
Meinen Gott auch anerkannt
Fragtest nie nach meinen Daten
Hast gezeigt mir, was das ist,
Dein Land
Mein deutscher Freund bist du
Kein Unterschied uns trennt
Die Kultur, aus der ich komme
Hab ich dir geschenkt
Mein deutscher Freund bist du
Kein Unterschied uns trennt

Locke hörte zu. Er schluckte. *Istanbul* sprach ihn absolut an, natürlich! Doch er wollte jetzt nicht über sein Problem mit Matz reden.

»Eine Wahnsinns-Band, die kann man eigentlich nicht schlagen«, flüsterte er Eva zu. Sie griff ihm in die Locken und sagte ebenso leise: »Es muss nicht immer ums Gewinnen gehen. Ein gutes Gefühl haben, dabei zu sein – das ist auch wichtig. Lass es uns trotzdem versuchen.«

»Was versuchen?« Patrick war etwas irritiert, doch Eva grinste.

»Zu gewinnen!«, antwortete sie. »Ganz einfach, zu gewinnen!«

Locke sah in die wogende Zuschauermenge. Es war schön zu erleben, dass viele sich im Takt bewegten und laut mitsangen. Dann aber heftete sich sein Blick an zwei dunkelbraune Augen, irgendwo da unten in der Menge. War das nicht…? Nein, das konnte doch nicht sein. Oder doch? Patrick lief es eiskalt den Rücken hinunter. Diese Augen… Tatsächlich, das sind… die von Matz!

Und Patrick sah Matz inbrünstig mitsingen: »Mein deutscher Freund bist du – kein Unterschied uns trennt.«

»Eva, guck mal, wer da ist!«, wollte er seine Freundin auf die Entdeckung aufmerksam machen. Er streckte seine Hand in die Richtung aus, in der er Matz gesehen hatte. Aber dort waren nur noch viele, viele Köpfe und Gesichter, die er und Eva nicht kannten.

Die Nervosität der NEW KICKING DEVILS nahm zu. Kelter bemerkte es und schwor die Band auf ihren Auftritt ein. Ein Ritual, nicht mehr, aber auch nicht weniger. Die Gruppe steckte die Köpfe zusammen.

»Alle für einen!«, rief er.

Und die Band antwortete: »Einer für alle!«

Mit einem heißen Rocksong beendete *Istanbul* gerade ihren Auftritt und wie erwartet wollte sich das Publikum kaum beruhigen.

»Zugabe! Zugabe!«, tönte es durch die Halle.

Joachim Kess, der Moderator, war auf die Bühne gesprintet.

»Zugaben gibt es aus Wettbewerbsgründen natürlich nicht!«, rief er jetzt gegen den Orkan der Musikfreunde an. »Es gibt für jede teilnehmende Gruppe zwanzig Minuten on stage. Aber die Gewinner werden dann nach der Auswertung der Stimmzettel ein Zusatzkonzert geben. Vielleicht, wer weiß, wird es ja *Istanbul* sein.«

Der Jubel schwoll nochmals an. Die vier Boys aus Marxloh traten nun an den Bühnenrand und verbeugten sich vor der tobenden Masse. Dann gingen sie ab, begleitet von einem Pfeifkonzert, das total positiv gemeint war.

Hinter der Bühne kamen sie an den DEVILS vorbei, Halil, der Sänger der Gruppe, als Erster.

»Ihr macht es uns echt schwer!«, rief Locke dem strahlenden Frontmann zu, »Nach euch aufzutreten, ist wie ein Gang in die Hölle!«

Halil lachte stolz.

»Vielleicht wird es ja nur das Fegefeuer«, gab er mit seiner unverkennbaren, ausdrucksstarken Stimme zurück. »Für eine Band, die den Teufel im Namen trägt, dürfte das doch gar kein Problem sein. Viel Glück!«, schob er noch hinterher, und schon waren sie hinter einem Vorhang verschwunden.

Jetzt war es so weit.

Die NEW KICKING DEVILS hörten die Stimme von Kess. Laut und deutlich sagte er die nächste Band an. »Hier bei uns im Ruhrgebiet spielt ja der Fußball eine große Rolle«, rief er ins Publikum. »Nun erlebt ihr eine Band, die viel mit Fußball zu tun hat. Mit Patrick Schubert an der Gitarre steht ein echter U15-Nationalspieler auf der Bühne. Allerdings waren die Jungs klug genug, die Leadstimme einer jungen Dame zu überlassen. Hört sie euch an: Die NEW KICKING DEVILS!«

Als Bühnenoutfit hatten die DEVILS Fußballtrikots in den unterschiedlichsten Farben ausgesucht, dazu trugen alle Jeans. Lediglich Eva fiel aus dem Rahmen, ganz bewusst natürlich. Sie trug ein superkurzes weißes Kleid zu kniehohen weißen Stiefeln. Und auf dem Kleid, in glitzernden Steinchen, stand die Abkürzung des Bandnamens: NKD.

Die Begrüßung durch die Leute war nicht unfreundlich, aber keineswegs das, was man überschwänglich nennen konnte. Und diese Stimmung setzte sich erst einmal fort. Es war, als würde die fehlende Begeisterung auch auf die Band überspringen.

Das erste Lied im Zwanzig-Minuten-Programm war wie immer »Zeit für Optimisten« von *Silbermond.* Aber der Song kam nur mittelmäßig an. Das zweite Lied war »Überleben«, das Thomas, der Keyborder, für einen der ersten Auftritte der DEVILS geschrieben hatte. Ein ruhiger Sound, auch nicht gerade geeignet, den berühmten Funken zwischen Band und Publikum entstehen zu lassen. Sie mussten Gas geben. Eva spürte, dass sie sich steigern mussten, um Stimmen für die DEVILS zu gewinnen.

»Leute«, rief sie ins Mikro, »jetzt gibt es von uns für euch die totale Partystimmung. Macht alle mit bei ›99 Luftballons‹ von *Nena!*«

Der Suchscheinwerfer richtete seinen Lichtkegel komplett auf Eva, die schmachtend, aber zugleich glockenklar zu singen begann: »Hast du etwas Zeit für mich, singe ich ein Lied für dich von 99 Luftballons …«

Die Band stieg kraftvoll ein – und es war genau das Richtige: Alles begann, den einstigen Superhit mitzusingen. Endlich stieg die Stimmung. Es war zu spüren, die Band machte in diesen Minuten Punkte gut. Ronny hob vorsichtig den rechten Daumen und Thomas hielt den linken hoch. Ben trommelte sich gekonnt die Seele aus dem Leib und Locke hatte alles um sich herum vergessen. Er spielte sein Solo beinah wie im Schlaf. Er sah zu Eva hin, die mit dem Publikum flirtete, wie er es noch nie erlebt hatte. Als sein Part ruhiger wurde, nahm er die Gelegenheit wahr und lächelte ihr zu.

Dann endlich kam der Höhepunkt: der neue Fußballsong. Es funktionierte. Bei *»You'll never walk alone«* sangen alle zweitausendfünfhundert Fans in der Halle mit. Allerdings pfiffen auch viele bei der abschließenden Zeile »Königsblauer S 04, Königsblau ist Schalke, König bist du im Revier – Königsblauer S 04!«

Nicht jeder in der Halle war nun mal Schalke-Fan …

Damit endete der Auftritt in einer Mischung aus Jubel und ein paar weniger wohlmeinenden Pfiffen. Zustimmung und Ablehnung nebeneinander. Locke sah es und hörte es und er freute sich. Die NEW KICKING DEVILS polarisierten – so nannten es die Fachleute, wusste er. Kein schlechtes Zeichen für eine gute Band.

Hinter der Bühne fielen sich alle glücklich in die Arme.

»Geschafft«, schrie Ronny, der ja sonst wirklich nicht der Lauteste in der Band war. Und Pfarrer Kelter stand dabei und zeigte das Victory-Zeichen. Ihr Musik-Trainer hatte eine Runde Malzbier organisiert und alle tranken erst einmal durstig und erleichtert. Nur Eva blieb wie immer sehr sachlich.

»Ich wäre froh, wenn wir unter die ersten fünf kommen würden«, sagte sie.

Locke nickte zustimmend. »Ich auch.«

Eine halbe Stunde Pause. Zeit, in der die Fans ihre Stimmkarten ausfüllen sollten. Zeit, in der die Spannung knisterte. In der Halle wurde es jetzt hell. Alles stürmte nach draußen an die Imbiss- und Getränkestände, und für die Bands im Backstagebereich begann die nervige Zeit des Wartens. Jeder sprach mit jedem und es wurden Tipps abgegeben, welche Gruppe wohl auf dem ersten Platz landen würde.

Sehr schnell war klar, dass *Istanbul* heiß gehandelt wurde. Locke unterhielt sich eine Zeit lang mit Halil, dem Leadsänger von *Istanbul,* über deren Musik und dann erzählte er ihm auch von seinen Problemen mit Matz.

Halil tröstete ihn etwas. »Wir Türken sind schon manchmal sehr dickköpfig, aber irgendwann wird Matz sich für eure Freundschaft entscheiden!«

»Was macht dich da so sicher?«, fragte Patrick nachdenklich.

»Mich hat mal einer ›Kanake‹ genannt«, antwortete Halil. »Ich war stinksauer; aber dann habe ich im Lexikon nachgeschaut, was das eigentlich bedeutet. Erstaunlicherweise nichts anderes als *›Mensch‹*. Keine wirkliche Beleidigung. Ich habe das dann bei der Gelegenheit dem Typ erzählt, der mich damit verletzen wollte. Erst war er ziemlich verdutzt, aber dann haben wir beide darüber gelacht, und es entstand eine prima Freundschaft.«

Locke nickte hoffnungsvoll. Er wünschte sich sehnlichst, dass es mit ihm und Matz genauso laufen würde. Allerdings, was er zu ihm gesagt hatte – dafür gab es keine freundliche Übersetzung …

Locke öffnete gerade den Mund, um das zu sagen, da ertönte ein lauter Gongschlag und eine Stimme verkündete über Lautsprecher: »Hallo, hallo! Alle Musikfans werden wieder in die Halle gebeten. Wir haben die Auszählung abgeschlossen. Es wird spannend!«

Halil grinste Locke an. »Vielleicht stehen wir ja gleich noch nebeneinander auf der Bühne, ansonsten – bis bald mal.«

Locke hob die Hand zum Gruß: »Man sieht sich ...«

In diesem Augenblick hastete Joachim Kess mit vielen Zetteln in der Hand zur Bühne. Er schaute kurz zu den Jungs hinüber.

Locke rief ihm zu: »Herr Kess, wo sind wir gelandet? Ich kann's kaum erwarten.«

Kess lachte. »Ein bisschen Geduld werdet ihr noch haben müssen.«

Die Halle hatte sich inzwischen wieder gefüllt. Erwartungsvolle Spannung lag in der Luft. Jeder hoffte, dass »seine« Band die meisten Stimmen eingeheimst hatte und dass dieser Wettbewerb hier in der berühmten Essener Grugahalle zum Sprungbrett für sie werden würde ...

Per CD wurde nun ein cooles Instrumental eingespielt, und eine Stimme aus dem Off verkündete wie ein Marktschreier: »Hallo Rockfans! Wir haben ein Ergebnis. In wenigen Minuten werdet ihr wissen, welche Band einen Plattenvertrag gewonnen hat. Jetzt begrüßt noch einmal mit einem Riesenbeifall den Organisator der heutigen Veranstaltung. Hier kommt Joachim Kess!«

In der Halle war es jetzt total dunkel. Lediglich drei Verfolgerscheinwerfer tauchten die Bühne in grelles rotes Licht. Die Stimmung war grandios. Kess wurde mit viel Beifall begrüßt, mit Rufen, Klatschen und durchdringenden Pfiffen. Langsam brachte er die Menge zur Ruhe. Und dann begann er, die einzelnen Platzierungen laut vorzulesen.

»Wir haben insgesamt zweitausenddreihundertundachtzig gültige Stimmzettel bekommen«, rief er. »Auf Platz zwölf ist nach eurer Abstimmung gelandet: aus Castrop-Rauxel die Gruppe *Kionking!* Die Band *Boom* aus Waltrop landete auf Rang elf! An zehnter Stelle liegt …«

Und so ging es unter dem Beifall des Publikums weiter. Dann wurde es jedoch spannend.

Kess hob die Stimme. »Wir kommen nun zu den *Topfive*-Gruppen!«

Den Mitgliedern der NEW KICKING DEVILS klopfte das Herz im Halse. Locke schwitzte, als würde er vor einem Elfmeterschuss stehen. Eva neben ihm griff nach seiner Hand. Pfarrer Kelter war ausnahmsweise sehr nervös. Nicht er war es, der beruhigend auf die Band einwirkte, sondern umgekehrt: Die DEVILS mussten sich des Gottesmannes annehmen!

»Was wollen Sie denn, Herr Kelter, wir sind auf jeden Fall schon mal unter den ersten fünf«, sagte Ronny. »Für mich ist das ein toller Erfolg.«

Kelter nickte: »Ja, ja, aber ich würde so gerne einmal in ein echtes Plattenstudio kommen. Doch nur wer hier Erster wird, hat doch den Vertrag in der Tasche.«

Locke musste lachen. »Haben Sie uns nicht mal erzählt, dass es auf das Gewinnen nicht so ankommt? Wenn das Ihr Chef im Himmel hört, bekommen Sie bestimmt einen Rüffel!«

Darauf lachte nun auch Kelter. Aber im nächsten Augenblick legte er den Zeigefinger auf den Mund, und dann schrie er fast außer Kontrolle: »Ruhe, jetzt will ich das Ergebnis hören!«

Alle lauschten nun gespannt den Worten des Moderators.

»Platz fünf ist dotiert mit einem Geldpreis in Höhe von zweihundert Euro. Darüber freuen kann sich …« Er machte eine wirkungsvolle Pause. »… die Formation *Darkness* aus Bochum!«

Zustimmender Beifall war die Antwort, aber Locke sah, dass die Mitglieder der Band sich doch leicht enttäuscht aus dem wartenden Pulk hinter der Bühne lösten. *Darkness* hatte wohl mit einem besseren Platz gerechnet...

Pfarrer Kelter war leichenblass und Eva reichte ihm ein Glas Wasser.

»Herr Pfarrer, wenn ich das mit Ihnen hier so geahnt hätte, dann hätten wir Sie nicht als Band-Trainer verpflichtet. Das kann man ja kaum verantworten.«

Kelter konnte darüber nicht lachen, seine Gesichtszüge entgleisten immer mehr und er schnappte nach Luft.

»Ruhe!«, rief er. »Jetzt kommt der Name der Viertplatzierten.«

Joachim Kess informierte gerade, dass der vierte Platz mit zweihundertfünfzig Euro ausgezeichnet wurde. Er verstand es meisterlich, die Spannung zu schüren. »Für mich war es eine Überraschung, dass diese Band hier und heute mit guter alter Soulmusik angetreten ist und von euch mit Platz vier belohnt wurde. Aus Herne – die *Samtpfoten!*«

Der Beifall schwoll nochmals mächtig an, sodass Kelters Stimme kaum noch zu verstehen war. »Wir sind unter den ersten drei«, krächzte er, »ich werde narrisch!« Alle in seiner Nähe mussten herzlich darüber lachen.

Auf der großen Bühne der Grugahalle standen jetzt bereits neun Bands, fast fünfzig Leute, ein schönes, buntes Bild, und Joachim Kess ratterte weiter. Seine Stimme überschlug sich fast.

»Wenn ihr so wollt, kommen wir nun zu den Medaillenplätzen. Es geht um Bronze, Silber und Gold!« In der winzigen Pause, die Kess an dieser Stelle machte, hörte Locke, wie Kelter murmelte: »Nein, es geht um viel mehr. Einen Jugendtraum. Ich würde soooooo gerne in einem richtigen Aufnahmestudio spielen.«

»Rockfans, wir rufen jetzt auf für das Treppchen, auf dem die Drei prangt«, rief der Moderator jetzt ins Mikro. »Die einzige Mädchenband, die am Start war – Platz drei und fünfhundert Euro in bar für die *Heulsusen!*«

Lautes Kreischen und unbändiger Beifall war die Antwort. Die Halle kochte. Die Mädchen freuten sich unheimlich über die Auszeichnung und ihre Frontfrau sprang hoch in die Luft. Sie machte das Sieges-Zeichen. Offenbar hatte sie nicht im Traum geglaubt, bis auf diesen Platz zu kommen.

Kelter stöhnte jetzt nur noch. »Ich halte das nicht mehr aus. Wir sind jetzt schon Zweiter. Das ist absoluter Wahnsinn!«

Nach einem kurzen Interview mit den *Heulsusen* sprach der Moderator jetzt vom zweiten Platz, der immer etwas undankbar sei. Die Amerikaner hätten einen besseren Begriff dafür, sie würden vom Runner Up sprechen. Alles noch drin.

»Aber«, so fuhr Kess fort, »es war ein deutliches Votum des Publikums. Die Sieger haben mit zwanzig Prozent Vorsprung gewonnen. Jetzt aber: Diiiiieeeee Viiiiizemeisterschaft geht an …«, wieder eine wirkungsvolle Pause, »aaan diiieee NEW KICKING DEVILS aus Gelsenkirchen!«

Kelter brach fast zusammen. »Nein«, schrie er, »nicht so kurz vor dem Ziel!«

Aber Locke und Eva lachten. »Platz zwei ist doch sensationell.«

Sie umarmten ihren Trainer und machten sich auf den Weg zu Kess. Thomas, Ben und Ronny hatten sich schon am Mikrofon eingefunden. Feierlich überreichte der Moderator ihnen allen einen Scheck über eintausend Euro. Und etwas ungeschickt stellte er die beliebte Sportreporterfrage: »Wie ist es, zufrieden mit Platz zwei?«

Eva bedankte sich für den Preis, hielt den Scheck hoch in die Luft und lachte triumphierend.

»Klar, sind wir zufrieden«, sagte sie dann ins Mikro. »Nur unser Coach, Pfarrer Kelter, wollte so gerne mal in ein richtiges Aufnahmestudio.«

Joachim Kess nahm die Vorlage wie einen Steilpass beim Fußball auf. Das passte prima für die nächste, nun fällige Ansage.

»Tja«, sagte er bedauernd, »leider ist dieser Preis, ein Plattenvertrag bei *Napasai-Media* und eine Aufnahme im A42-Studio in Kamen, nur für die Sieger reserviert. Und jetzt ist es ja auch kein großes Rätsel mehr ... Die Gewinner kommen aus Duisburg-Marxloh und heißen ...«

Alle Besucher riefen jetzt ein tausendstimmiges *»Istanbul!«*, das wie ein Donnergrollen durch die gigantische Grugahalle brandete. Halil und seine Leute rannten wie eine Staffelmannschaft nach vorn auf die Bühne. Sie badeten förmlich in der Begeisterung der Zuschauer. Es war eine wahnsinnige Stimmung, und Locke konnte sehen, dass dem Bandleader fast die Tränen in die Augen traten.

Kess stellte nun den Mann von der Plattenfirma vor, Roger Dünker, der ebenfalls ans Mikrofon trat und unter allgemeiner Zustimmung erklärte, dass *Istanbul* in seinem Studio in Kamen eine Maxi-Single produzieren könnten. »Aber«, und nun machte er eine Kunstpause, die alle aufhorchen ließ, »wir haben uns noch etwas Besonderes ausgedacht. Das Fußballmedley der NEW KICKING DEVILS hat uns so gut gefallen, dass wir diesen Song auch auf CD veröffentlichen möchten.«

»Wie bitte?!« Kelter, im Backstagebereich, traute seinen Ohren nicht. Eine Studio-Session für seine Band! Er lief ebenfalls auf die Bühne und unter dem Lachen und Beifall der Fans umarmte er alle seine DEVILS. Die Stimmung war auf dem absoluten Höhepunkt, und als Joachim Kess zum Abschluss des Abends noch einmal zwanzig Minuten mit *Istanbul* ansagte, kannte der Jubel keine Grenzen mehr. Der magische Funke sprang sofort wieder auf das Publikum über, und es war bewegend, als alle anderen Bands beim Song »Mein deutscher Freund« einen fantastischen Chor bildeten und die Veranstalter ein Indoor-Feuerwerk abbrannten.

Locke und Eva umarmten sich. Was für ein Tag! Was für ein Ergebnis! Wahnsinn!

8

Ein Ereignis jagte das nächste. Das Thema »Zweiter Platz im Wettbewerb und trotzdem CD-Aufnahme« war noch nicht abgeschlossen, da stand Patrick Schubert erneut ein Highlight bevor.

Die U15-Mannschaft von Schalke 04 hatte ein Freundschaftsspiel gegen die U15-Nationalelf von Polen abgemacht – als Vorspiel einer Bundesligapartie in der *Arena Auf Schalke.*

Schalkes Profimannschaft spielte an diesem Samstag gegen Hannover 96, und Anpfiff war, wie immer in der Bundesliga, um fünfzehn Uhr dreißig. Am Tag vor dem Spiel gab Olaf Thölle seiner Mannschaft die Aufstellung bekannt. Alles war wie sonst, bis er auf die beiden Stürmer zu sprechen kam.

»Als Sturmspitzen fungieren Friedrich Rötzkowski und Patrick Schubert.«

Ein erstauntes Raunen ging durch den Raum, aber Thölle setzte seine Rede schon fort.

»Matz geht zunächst auf die Bank. Patrick und Matz wissen über diese Maßnahme Bescheid. Ich habe kürzlich mit beiden ausführlich darüber gesprochen.«

Locke fing sich von Matz einen bösen Blick ein, aber es kam kein Wort von ihm, und auch Locke schwieg dazu.

Patrick hatte nie zuvor in diesem Stadion gespielt, aber als er am Sonntag den Rasen betrat, hatte er das Gefühl, jetzt endlich ein Profi zu sein. Dabei waren die Begleitumstände zu Beginn dieses Vorspiels alles andere als profi-like. Die *Arena* war zu diesem Zeitpunkt noch nichts weiter als eine Betonschüssel mit leeren Plastiksitzen. Lediglich auf der VIP-Tribüne und im Pressebereich tummelten sich maximal dreihundert Zuschauer. Nur langsam tröpfelten die Fans der Bundesligamannschaften von Hannover 96 und Schalke 04 hier ein. Erst nach und nach entstand die richtige Stimmung in dem weiten Rund. Das riesige Dach des Stadions, das man nach Belieben öffnen konnte, stand offen, denn das Wetter war trocken an diesem Oktobertag und die Herbstsonne sorgte für angenehme Temperaturen.

Lockes Blick ging hinauf auf den riesigen Videowürfel, der so groß war, wie ein mittleres Einfamilienhaus. Dort stand in großen Buchstaben zu lesen: TESTSPIEL U15 SCHALKE 04 – NATIONALMANNSCHAFT U15 POLEN.

Selbstverständlich war Nationaltrainer Stettler zu diesem Aufeinandertreffen gekommen. Erstens wollte er natürlich den kommenden EM-Gegner Polen sehen und wichtig war für ihn auch eine Überprüfung von Lockes Form. Außerdem wollte er Matz beobachten. Seine Stärken und Schwächen waren für das Eröffnungsspiel gegen die Türkei nicht gerade unwichtig. Stettler war ziemlich erstaunt, als er die Aufstellungen studierte und feststellte, dass Matz nur auf der Ersatzbank saß.

Merkwürdig, dachte er, was hat denn den Thölle da geritten, seinen eingespielten Sturm auseinanderzureißen?

Eines jedoch war Stettler schnell klar: Diese Polen waren Defensivkünstler. Sie spielten im 4-4-2-System, aber die zweite Sturmspitze der Polen hing weit zurück und musste viele Abwehrarbeiten mit übernehmen. So ergab sich für die U15 der Schalker schnell eine optische Überlegenheit, doch große Torgefahr konnten weder Locke noch sein neuer Sturmkollege Friedrich entfalten. Ganz im Gegenteil, die Polen fingen die Sturmbemühungen der blau-weiß gekleideten Schalker locker ab, und ihre rot-weißen Jerseys tauchten immer mal wieder gefährlich vor dem Tor von Schalke auf. Besonders interessant war es zu beobachten, wie ein knapp eins sechzig großer – oder besser kleiner – Wirbelwind die Schalker Mittelfeldspieler überlistete. Körpertäuschungen nach rechts oder links – kein Problem für ihn; Stanislaw Wizoreck aus Krakau, wie man den Aufstellungen entnehmen konnte, führte den Ball mal mit Links mal mit Rechts. Er besaß eine Gabe, wie nur wenige Spieler sie besitzen: Er konnte mit dem rechten und dem linken Fuß gleich gut den Ball kontrollieren! Wahrlich kein Muskelprotz, aber ausgestattet mit einer tollen Schusstechnik. Zwei seiner drei Schüsse gingen nur um ein paar Zentimeter am Schalker Tor vorbei und einmal kratzte einer der Schalker Innenverteidiger das Leder von der Linie.

Stettler machte sich eifrig Notizen und schrieb mehrere Seiten voll. Alle Fähigkeiten von Stanislaw Wizoreck landeten so im Notizbuch des Bundestrainers.

Etwa eine halbe Stunde war gespielt – das Stadion füllte sich langsam, aber sicher – und so erlebten bereits zehntausend Besucher das 1:0 für die Polen mit. Locke hatte gegen einen bulligen Mittelfeldspieler einen Zweikampf verloren. Der Pole ging drei, vier Schritte energisch nach vorne, dann spielte er Wizoreck an. Etwa fünfzehn Meter vor der Mittellinie marschierte das Energiebündel los. Leichtfüßig schüttelte er alle Schalker ab und dann hatte er das Auge für seinen Mittelstürmer. Der Ball ging wie durch weiche Butter an den Innenverteidigern der Schalker vorbei. Ja, genau, das war die Schnittstelle. Der von Wizoreck angespielte Junge mit der Nummer Neun auf dem Rücken lief noch etwa zehn Meter auf den Schalker Torhüter zu und dann ballerte er die Kugel unter die Querlatte. Anerkennender Applaus von den Rängen war zu hören. Einzig Thölle tobte am Spielfeldrand.

»Patrick, die Fehler beginnen vorne«, rief er erbost. »Wenn du deinen Zweikampf nicht verloren hättest, wäre auch das Tor nicht gefallen.«

Locke zog den Kopf ein. Und bis zur Pause passierte dann auch nichts Derartiges mehr. Doch der allgemeine Eindruck blieb: Die Polen waren eine wirklich gute Mannschaft!

Der zweite Durchgang begann. Thölle hatte in der Kabine nicht viel gesagt, nur angekündigt, dass nach etwa zehn Minuten Matz für Patrick ins Spiel kommen würde. Einer der Jungs hatte noch zaghaft gefragt, warum man nicht mit Matz *und* Locke spielen würde, aber Olaf Thölle hatte nur verkündet: »Friedrich spielt durch!«

Die Polen legten noch einen Zahn zu. Sie wirkten sehr eingespielt und ihre Nummer neun war absolut ein Torjäger. Nach einem Fernschuss der zweiten, etwas hängenden Sturmspitze, hatte Tom Derwinski den Ball nur abklatschen können, und der polnische Stürmer stand da, wo ein Stürmer stehen muss. Zehn Meter vor dem Tor hielt er nur seinen rechten Fuß hin und von dort sprang das Leder in die Maschen der Schalker.

Locke hatte die ganze Zeit über nicht eine einzige gute Szene und in der fünfundzwanzigsten Minute musste er vom Platz. Stettler auf der Tribüne staunte nicht schlecht, dass Friedrich nun mit Matz spielen durfte.

Da muss es doch noch andere Gründe geben als rein sportliche, dachte er und nahm sich vor, den Trainer der Schalker U15 nach dem Spiel danach zu fragen.

Wenigstens sah Stettler jetzt noch eine gute Aktion der Schalker, denn Matz war wesentlich besser drauf als Locke.

Matz hatte am rechten Flügel seine ganze Schnelligkeit ausgespielt und kam bis zur Grundlinie des polnischen

Tors. Nun flankte er zurück und am Elfmeterpunkt stand Friedrich, der den Ball flach in die untere rechte polnische Torecke schoss. Bei flachen Bällen hatte der Torwart aus Polen offensichtlich einige Probleme. Er fiel so langsam wie eine Bahnschranke. Nur noch 1:2 aus Schalker Sicht.

Stettler notierte sich: Schnell über die Außen kommen und Flachschüsse versuchen. Er nickte befriedigt. Das war eine interessante Erkenntnis für die Europameisterschaft im Frühjahr.

In der letzten Spielminute erhöhten die Polen dann durch einen Gewaltschuss von Wizoreck, der aus zwanzig Metern genau in den Winkel der Schalker traf, auf 3:1. Durchaus verdient!

Kurz vor drei Uhr dann kam der Abpfiff und freundlicher Beifall der nun etwa fast vierzigtausend Zuschauer begleitete die Teams vom Platz.

Wenig später kamen die Bundesligaprofis von Schalke und Hannover zum Aufwärmen in die *Arena* und beim Anstoß eine halbe Stunde darauf wurden beinahe sechzigtausend Zuschauer lauter als ein startender Düsenjäger. Übrigens: Schalke gewann das Match mit 2:1.

Bundestrainer Stettler hatte nach dem U15-Spiel ein Gespräch mit Olaf Thölle und erfuhr dabei, dass Locke und Matz ein Problem miteinander hatten. Auch diesen Umstand notierte sich der Bundestrainer in seinem Notizbuch.

Die nächsten Wochen und Monate vergingen für Locke sehr langsam und waren ohne Höhepunkte.

Die Schule war, wie sie immer war. Matz und Locke pflegten ihre Feindschaft. Und Trainer Thölle blieb bei seiner Anordnung und hielt die beiden Stürmer getrennt.

Aber etwas Trost gab es dann doch: Die Entführer von

Poldi bekamen fünfzig Arbeitsstunden in einem Tierheim aufgebrummt.

Das nächste absolute Highlight war der Studiotermin für die NEW KICKING DEVILS!

Die Band staunte. Das Gebäude, vor dem die DEVILS standen, erinnerte mehr an einen *Aldi*-Laden als an ein modernes Tonstudio. Es war ein weit ausladender Flachbau mit einer gewaltigen Eingangstür. Darüber eine Neonwerbung, die nur aus der gelben Leuchtschrift A42 bestand. An der Tür eine große Glocke, eine Gegensprechanlage und eine Videokamera, die die Bandmitglieder zu beäugen schien. Neben dem Haus war ein großer Platz, auf dem ein Porsche, ein BMW und ein Mercedes parkten. Außerdem zwei größere LKWs, auf denen in genau der gleichen Schriftart wie der gelben Neonwerbung stand: A42 – MOBILES STUDIO.

Pfarrer Kelter drückte aufgeregt die Klingel an der Eingangstür. Sofort meldete sich eine Stimme über die Gegensprechanlage.

»Ja, Sie wünschen?«

Kelter räusperte sich. »Die NEW KICKING DEVILS«, meldete er stolz, »kommen zu den verabredeten Aufnahmen.«

Ein freundliches »Ach, ja!« erklang aus dem kleinen Lautsprecher. Schon wurde die Tür von innen geöffnet und vor ihnen stand eine junge Frau in knallengen Jeans und einer weißen Bluse. Ihr dunkles Haar fiel ihr in einer glänzenden Welle auf die Schultern.

»Hallo, ich bin Bea, die Managerin«, begrüßte sie die Truppe lächelnd. »Kommt, ich bringe euch in das Studio vier. Dort wartet man schon auf euch.«

Kelter und »seine« DEVILS ließen sich das nicht zweimal sagen, schließlich waren sie ja gekommen, um hier ihre Aufnahme zu machen. Sie gingen einen unendlich langen Gang entlang, Bea voran. An den Wänden hingen überall Fotos von Künstlern, die alle hier ihre Alben oder Singles produziert hatten.

»Das ist ja das Who-is-Who der Musik«, staunte Eva. »Unglaublich, schaut mal, wessen Bild hier alles hängt.«

Tatsächlich gab es Fotos von »The Who«, eine der berühmtesten Rockbands aller Zeiten, neben Bildern von Roland Kaiser, einem bekannten Schlagersänger, und dem Rapper Bushido, selbst *Juli* zeigten sich auf einem Poster, ein Schnappschuss von einer Produktion hier im A42.

Pfarrer Kelter war ganz ruhig geworden, ein Gottesmann voller Ehrfurcht vor weltlichen Popkünstlern – das erlebte man nicht alle Tage. Patrick grinste in sich hinein und spielte seinerseits den ganz Lockeren.

»Bald hängen wir hier auch. Und direkt daneben eine goldene Schallplatte.«

Bea hatte es mitbekommen und lachte.

»Goldene Schallplatte – das war eine ganze Zeit lang nicht mehr so einfach, mein Freund, aber jetzt, wo die Downloads, die legalen meine ich natürlich, mitgezählt werden, ist es wieder möglich.«

Ronny, immer noch der Stillste in der Gruppe, konnte sich tatsächlich zu einer Frage durchringen. »Ab welcher Verkaufszahl gibt es denn Gold?«

Bea stoppte vor einer der Türen und drehte sich ihm zu. »Hunderttausend Singles sollten es schon sein.« Sie lächelte ihr schönstes Lächeln. »Aber hier sind wir nun richtig.«

Sie schob eine Tür auf und die NEW KICKING DEVILS kamen aus dem Staunen nicht mehr heraus. Ein Raum, vollgestopft mit Mischpulten, Monitoren, Knöpfen, Computern und Leuchtdioden, kam zum Vorschein. An einem der Pulte saß ein etwa vierzigjähriger Typ mit einer unglaublichen Frisur. Er war kaum zu erkennen, denn seine total verwuselten Haare fielen ihm wild ins Gesicht.

Bea stellte ihn vor. »Das ist Mario, unser bester Tontechniker. Er wird gleich mit euch arbeiten. Der Produzent ist Richie Becker, er wird jeden Augenblick hier erwartet. Alles Weitere lasst euch erklären. Viel Spaß bei der Aufnahme.«

Damit drehte Bea sich um und verließ das Studio. Und wieder mit diesem unglaublichen Lächeln …

Mario war ein bemerkenswerter Typ. Sehr präzise in seinen Vorstellungen, aber auch total lustig. Als Kelter ihm erklärte, er sei der Trainer der Band und eigentlich Pfarrer, antwortete Mario trocken: »Schade, dass wir hier keinen Beichtstuhl haben, einmal ohne Sünde zu sein, das wäre ein Traum.« Er grinste. »Aber nun ran an die Instrumente, bevor Richie, euer Produzent, hier auftaucht. Kommt mal mit.«

Alle trotteten ihm hinterher. Man durchquerte den großen Raum und stand vor einer Glastür. Dahinter war ein komplettes Set für die Band aufgebaut. Schlagzeug, Keyboards, ein Mikrofon für Eva, Anschlüsse für die Gitarren, Monitorboxen, überall hingen Kopfhörer. Locke spürte sofort die angenehme Akustik. Nichts hallte nach in diesem Raum. Auch das Licht war sehr angenehm und eine große Kamera hing unter der Decke.

»Wofür ist die denn?«, fragte Locke.

Mario grinste wieder. »Damit wir euch stets im Blick haben, Big Brother is watching you«, meinte er und schloss ernst an: »Also, wir müssen euch doch sehen können im Regieraum. Deshalb wird ständig ein Bild von euch zu uns übertragen. Über das Monitoring System können wir auch stets miteinander sprechen. Alles klar?«

Die Anwesenden nickten.

»Jetzt stimmt mal eure Instrumente aufeinander ab«, fuhr Mario fort. »Wenn Richie kommt, wird es schnell losgehen. Wir produzieren euer Fußballmedley und als Bonustrack dieses Lied vom Schulterror ... Ach ja, der Mensch von der Plattenfirma kommt auch noch, Roger Dünker.«

Damit war es erst einmal genug der Erklärungen und die DEVILS gingen an die Instrumente, um sich auf die Aufnahmen vorzubereiten. Dann tauchte Richie, der Produzent, auf. Im Gegenteil zu Mario hatte er eine Kurzhaarfrisur und er war betont modisch gekleidet. Sehr herzlich begrüßte er die Truppe und begab sich sofort an das Mischpult, setzte die Kopfhörer auf und erteilte Mario und der Band klare Anweisungen.

»Heller, tiefer, etwas mehr Bass, die Mitteltöne stimmen nicht. Locke, bitte etwas klarer die Gitarre zupfen. Eva, du musst mehr Herzlichkeit in die Stimme legen. Ben, das ist nicht exakt genug. Thomas, du musst die Tasten deines Keyboards streicheln und nicht wie ein Anstreicher bedienen.« Das war Kritik, aber er lobte auch. »Hey, Ronny, super, das ist ja fast perfekt. Genial!«

Nach einer knappen Stunde Einstimmung führte Richie die Band aus dem Studio, zu einer Pause in einen Nebenraum. Bei Obst, Schnittchen und eiskalter Cola besprach er die nächsten Schritte mit den DEVILS.

»Zunächst nehmen wir den Fußballsong auf, in einem Durchgang, so als ob ihr ihn live auf der Bühne spielt. Danach können wir den Gesang und jedes einzelne Instrument nochmals bearbeiten. Es wäre auch denkbar, dass einzelne Passagen neu gespielt werden.« Er zeigte auf die Apparaturen. »Hier, über unser Pult können wir auf jedes einzelne Instrument zurückgreifen. Außerdem kann ich über diverse Effektgeräte den Sound stark verändern. Aus

Evas Stimme könnte ich, wenn ich wollte, einen ganzen Chor machen.«

Die Bandmitglieder waren beeindruckt.

»Euren Song ›Schulterror‹ aber«, fuhr Richie jetzt fort, »möchte ich ganz bewusst nur in einer Version ohne Schnick und Schnack aufnehmen. Das Lied braucht nichts als Einfachheit und Echtheit. Alles klar?«

Die fünf nickten und dann ging es los.

Zwar waren alle in kürzester Zeit in Höchstform – Kelter erkannte die Band bisweilen kaum wieder, so gut war sie –, aber trotzdem arbeitete man geschlagene fünf Stunden an dem Fußballsong, bevor Richie wirklich zufrieden war.

»So«, sagte er dann endlich, »das müssen wir jetzt noch ordentlich mixen, und dann wollen wir mal sehen, ob euer Fußballmedley wirklich einer kauft. Das Mixen mache ich aber erst nächste Woche. Und nun ran an den Schulterror.«

Obwohl die NEW KICKING DEVILS jetzt etwas müde waren, spielten sie sich bei ihrem Song nochmals richtig frei, und bereits nach der fünften Aufnahme klang Richies zufriedene Stimme in den Aufnahmeraum. »Okay, aus! Die nehmen wir!«

In einer weiteren Pause stieß Roger Dünker von der Plattenfirma NAPASAI-MEDIA dazu und stellte den DEVILS den Vertrag vor. Immerhin sollte die Band fünfzehn Prozent von jeder verkauften Maxi-Single erhalten. Das waren bei einem Verkaufspreis von fünf Euro genau fünfundsiebzig Cent. Nicht schlecht. Außerdem empfahl Dünker, dass sich die Komponisten der Band bei der GEMA anmelden sollten. Die GEMA zahlte nochmals Geld dafür aus, wenn der Song beispielsweise im Radio gespielt wurde.

Eva war beeindruckt. »Was man nicht alles wissen muss, das ist ja eine richtige Industrie.«

Dünker nickte. »Du hast es richtig erkannt«, sagte er nachdenklich. »Wir sind eine Industrie. Aber die Musik sollte dennoch das Wichtigste bleiben.«

Am frühen Abend verließen die NEW KICKING DEVILS müde, aber zufrieden das Studio A42. Als sie in Kelters Auto auf dem Heimweg waren, musste Locke an Matz denken. Schade, dass er nicht dabei gewesen war.

Natürlich wusste Locke, dass Matz bei der türkischen U15 in Istanbul war und dort für die Europameisterschaft spielte und trainierte. Und die Resultate der Türken sprachen für sich. Gegen Bulgarien hatte die Mannschaft von Matz 3:0 gewonnen, gegen Österreich, in Wien, gab es ein 1:1 und die Belgier waren sogar mit 5:0 besiegt worden.

In jedem dieser Spiele hatte Matz einen Treffer erzielt. Fast konnte man den Eindruck haben, als würde die Türkei sich intensiver auf die bevorstehende Europameisterschaft vorbereiten als der Gastgeber Deutschland selbst… Aber das sollte sich bald ändern.

Trainer Stettler hatte für Montag, den 21. April, zum letzten Lehrgang vor der EM nach Barsinghausen eingeladen. Nochmals sollten sich dort fünfundzwanzig Spieler treffen, von denen dann zweiundzwanzig mit zur EM genommen werden sollten.

Zuvor aber sollten die Spieler sich bewusst noch einmal mit anderen Dingen als Fußball beschäftigen – und das passte super in Lockes Zeitplan.

Am 19. April, einem Samstag, wollte die Band ihre erste Single FUSSBALLMEDLEY in einem Einkaufszentrum in Oberhausen präsentieren! Die Plattenfirma hatte sich um alles gekümmert und im Mitteldom des CENTR.O eine Bühne geordert. Dort würde vormittags um elf eine Pressekonferenz und Releaseparty stattfinden…

Das Einkaufscenter war sehr populär und folglich war es samstags hier besonders voll. Nur mit Mühe und Not fand die Band einen Parkplatz, sodass die fünf fast zu spät den riesigen Block betraten.

Der Manager des Zentrums erklärte sehr feierlich, dass etwa dreißig Zeitungs-, Radio- und Fernsehleute kommen würden, um Fragen zu stellen.

»Ja, und was fragen die da?«, ließ Ronny sich vernehmen.

»Na, die werden euch löchern, warum ihr eine CD gemacht habt, was ihr euch davon versprecht, ob ihr schon weibliche Fans habt und so weiter und so weiter.«

Ben, der Schlagzeuger, realisierte schnell: »Das klingt schwer nach *Tokio Hotel*. Das ist nichts für mich.«

Ronny stimmte ihm zu. »Und für mich erst recht nicht«, sagte er mit Nachdruck und schüttelte den Kopf.

»Was soll das jetzt?«, reagierte der Chef des Centers ungehalten. »Ihr könnt doch jetzt nicht in ein Schweigegelübde verfallen.«

An der Stelle meldete sich nun Kelter zu Wort. »Gelübde wäre dann wieder mein Fach.« Er lächelte. »Keine Angst, wir werden schon etwas erzählen«, meinte er beruhigend, und der Manager atmete sichtbar auf.

Wenig später traf die Band dann Roger Dünker von der Plattenfirma. Offenbar hatte der Manager des Centers mit ihm über die Band gesprochen, denn er legte gleich los: »Leute, Leute, das ist hier ein ganz wichtiger Termin – macht mir keine Schande.«

Der Mann sah auch total nach wichtigem Termin aus. Er trug einen dunklen Anzug mit einer sehr dezenten Krawatte zum weißen Hemd.

»Der sieht heute irgendwie nach Beerdigung aus«, flüsterte Locke seiner Eva zu.

»Könnte aber auch für eine Hochzeit passen«, flüsterte sie zurück. »Lass uns also positiv denken.« Und lauter: »Wir gehen jetzt da raus und ziehen eine Show ab – okay?«

Locke grinste. »Das wäre absolut was für Matz gewesen.«

Eva wollte noch etwas erwidern, aber da hörten sie schon eine Stimme, die sie ankündigte. Der Moderator war ein Typ von einem Musiksender.

»Meine Damen und Herren, die Geschäftsleitung des Hauses freut sich nun, Ihnen eine Band vorstellen zu können, die vor einigen Monaten bei einem Wettbewerb in der Essener Grugahalle Platz zwei belegte. Heute können wir Ihnen die erste Single der Gruppe vorstellen.« Er sah zu Dünker, der eine CD in der Hand hielt und damit in der Luft wedelte.

»Sie heißt FUSSBALLMEDLEY! Aus diesem Grund haben wir hier und heute viele Pressevertreter eingeladen, die diese Band und ihre erste CD-Produktion kennenlernen sollen. Seien Sie also zu Gast bei dieser Live-Pressekonferenz.« Er hob die Stimme. »Hier sind die NEW KICKING DEVILS!«

Die Band trat nun aus dem Nachbarraum auf die Bühne. Dort stand ein langer Tisch mit sieben Mikrofonen. Vor jedem dieser Mikrofone war ein Namensschild aufgestellt. Es sah fast aus wie bei einer großen Pressekonferenz. Eva setzte sich also hinter ihr Schild, das die Aufschrift trug: EVA – SÄNGERIN NEW KICKING DEVILS. Vor Kelter stand: PFARRER KELTER – BANDCOACH NEW KICKING DEVILS, dann folgten die anderen.

Locke blinzelte in das helle Licht einiger Scheinwerfer. Als sich seine Augen daran gewöhnt hatten, konnte er erkennen, dass etwa dreißig Leute unterhalb ihres Tisches Platz genommen hatten. Dahinter befand sich eine kleine Erhöhung und darauf standen Fotografen und ein Kamerateam. Um das Ganze herum gruppierten sich etwa fünfzig Neugierige, die sich vom Moderator hatten anlocken lassen. Der Mann bemühte sich etwas krampfhaft um Stimmung.

»Liebe Gäste, werte Kollegen von der Presse«, begann er, »die NEW KICKING DEVILS haben vor einigen Wochen in Kamen ihre erste Single produziert – das FUSSBALL-MEDLEY. Bei der Produktion des Songs haben wir sie mit der Kamera beobachtet und wir möchten Ihnen nun zunächst das Lied vorstellen.«

Ein Beamer warf ein gigantisch großes Bild auf die weiße Fläche hinter dem Podium. Die Plattenfirma hatte tatsächlich das Filmmaterial aus dem A42-Studio sehr gut zusammengestellt und die DEVILS erlebten sich jetzt bei der Studioproduktion. Allerdings waren noch einige Fußballszenen aus Bundesligaspielen und Verfremdungen in den Streifen eingebaut worden, auch, wie Eva mit einem Ball umging … So wirkte das Ganze wie ein Video bei VIVA oder MTV.

Kelter war baff. »Perfekt«, murmelte er vor sich hin, »absolut perfekt.«

Als die letzten Töne des Songs verklangen, gab es Beifall. Nicht so wie bei den Konzerten der Band natürlich, aber das Publikum hier bestand ja auch aus zufälligen Einkäufern, die ganz nebenbei auch noch auf ihre Einkaufstüten aufpassen mussten …

Der Moderator ergriff nun wieder das Wort. »So, und nun Ihre Fragen, meine Damen und Herren.«

Unterhalb des Podiums hatte ein junges Mädchen, vielleicht eine Studentin, ein Mikrofon in der Hand und sah wartend in die Gruppe der Journalisten. Ein Mann, nicht viel älter als sie, winkte ihr zu. Sofort machte sich das Mädchen zu ihm auf und hielt das Mikro vor ihn hin.

»Hallo, ich bin Sebastian Heller von der BRAVO«, hörten die Anwesenden. »Eine Frage an Eva. Sag mal, du als Mädchen, wenn ich so sagen darf, interessierst du dich für Fußball oder hast du bei dem Song nur geschauspielert?«

Eva war erstaunt. »Ziemlich blöde Frage, finde ich. Warum soll ich mich nicht für Fußball interessieren, nur weil ich ein Mädchen bin? Und überhaupt, Herr Heller, Frauen sehen nicht nur gern zu beim Fußball, sie *spielen* auch!« Sie redete sich geradezu in Rage. »Ist Ihnen entgangen, dass die Frauen 2007 in China zum zweiten Mal Weltmeister geworden sind. Das müssen unsere Männer erst mal schaffen, einen WM-Titel zu verteidigen. Das ist denen nämlich noch nicht gelungen! Außerdem sollten Sie wissen, dass dieser junge Mann hier neben mir«, sie zeigte auf Locke, »eines unserer größten Fußballtalente in Deutschland ist. Patrick Schubert aus Schalke. Er wird bald bei der Schüler-Europameisterschaft antreten. Rein zufällig ist er auch noch mein Freund – und da soll ich kein Interesse an Fußball haben? Lächerlich.«

Locke saß leicht errötet neben Eva, während dieser langen Rede und konnte beobachten, wie das Publikum, das nun schon bestimmt auf dreihundert Leute angewachsen war, laut lachte und Beifall spendete. Erstaunlicherweise lachte Heller von der BRAVO auch. Es entwickelte sich nun ein Frage- und Antwortspiel mit weiteren Pressevertretern. Die Bandmitglieder antworteten. Auch Kelter gab bereitwillig Auskunft, nur Ronny und Ben trugen tatsächlich nichts zur Pressekonferenz bei …

Nach etwa dreißig Minuten war der Spuk vorüber. Es wurden noch einige Fotos gemacht und die Leitung des Einkaufscenters verteilte zweihundertfünfzig Gratis-CDs an das Publikum.

Locke sah wieder einmal, dass die CD wirklich prachtvoll aussah. Die DEVILS als Fotocollage in Fußballtrikots auf dem Cover. Dick und fett prangte ihr Bandlogo auf dem oberen Rand, natürlich auch der Titel: FUSSBALLMEDLEY.

Dünker zeigte sich zufrieden. »Ist alles prima gelaufen, wir werden einige Fotos von euch in den Zeitungen haben und nun brauchen wir noch lokales Radio und Fernsehen, dann läuft das schon mit dem Song.«

Tatsächlich gab es einige kleinere Artikel über die DEVILS in den Zeitungen – und auch in der BRAVO! Aber die Single lag dennoch in den nächsten Wochen wie Blei in den Regalen. Auch das lokale Fernsehen und das Radio wollten nichts von diesem Medley hören. Die Plattenfirma sprach deshalb schnell von einem Flop.

Locke aber war das ziemlich egal. Die Sache an sich, dieser zweite Platz im Essener Wettbewerb und die CD-Aufnahme, waren ihm Erfolg und Bestätigung für die Band genug. Und außerdem: Es war Fußball angesagt.

10

Plötzlich war der 21. April in Sicht, der Start für die EM-Vorbereitung in Barsinghausen bei Hannover. Sandra Schubert hatte ihren Sohn Montag früh zum Hauptbahnhof Gelsenkirchen gebracht, von dort ging es weiter mit dem ICE und am Zielort wollte ihn der DFB vom Zug abholen lassen. Um halb elf war Locke mit seiner schweren Sporttasche in Hannover ausgestiegen und knapp dreißig Sekunden später war schon ein Mitarbeiter der Sportschule bei ihm, nahm ihm – gegen seinen Willen – die Tasche ab und schleppte das schwere Teil zu einem Kleinbus. In dem Bus saßen bereits einige andere Jungs der U15-Auswahl und unter großem Hallo fuhr die Truppe zur Sportschule.

Die Spieler trafen sich zur Vorbereitung auf das letzte Spiel vor der Europameisterschaft. Es sollte am kommenden Sonntag gegen die Weltklasse-Jugend aus Argentinien hier in Hannover stattfinden. Nach dem Spiel dann, wenige Tage später, wollte man sich in Berlin einfinden. Am 4. Mai um drei Uhr nämlich war es so weit: Im Olympiastadion von Berlin stieg das Eröffnungsspiel gegen die Türkei!

Allen war die Anspannung anzumerken. Stettler bemühte sich zwar, besonders locker bei seiner Begrüßungsrede zu wirken, aber es gelang ihm nicht wirklich.

Nach der Zimmerverteilung – Locke und Erik wohnten wieder zusammen – und einem anschließenden medizinischen Rundumcheck aller Spieler ging Stettler dann in die »Vollen«.

»Jetzt beginnt die Operation Europameisterschaft«, klang seine Stimme über den Platz. »Die Argentinier werden uns am Sonntag alles abverlangen. Wie ihr wisst, sind hier im Augenblick noch fünfundzwanzig Spieler versammelt und von dreien werden wir uns trennen müssen. Unser Kader bei der EM darf nur zweiundzwanzig Spieler umfassen. Also, strengt euch an, meine Herren.« Da war sie wieder, seine Redensart, und er schloss an: »Einen Freibrief hat keiner.«

Ein lauter Pfiff erklang und die erste Trainingseinheit begann. Zum Kummer vieler Spieler wurde nach dem Warmlaufen aber nicht das Leder über den Rasen bewegt, sondern mit einem dicken Medizinball gearbeitet. Der wog stolze fünf Kilogramm. Kondition war die Devise!

»Das ist schlimmer hier als bei Felix Magath«, keuchte Locke. »Ist Stettler jetzt auch unter die Schleifer gegangen?«

Die Spieler mussten unter anderem mit dem schweren Gerät etwa zwei Dutzend Meter weit sprinten und es dann, fast wie beim Basketball, in einen hoch aufgehängten Behälter werfen. Bei manch einem der U15-Junioren wirkte das sehr unbeholfen. Olli Bott, der Torwart Nummer drei, vom KSC, erlaubte sich die Frage: »Wofür soll das denn gut sein?«

»Frag mal den Olli Kahn«, antwortete Stettler barsch, »der wird dir schon die richtige Antwort geben. Übrigens hat er auch beim Karlsruher SC angefangen.«

Bott röchelte extralaut. »Ich weiß, ich weiß. Gleich nach dem Training werde ich ihn anrufen …«

Dann ging es unverändert weiter mit den konditionellen Übungen. Im Mittelpunkt nach wie vor: das Fünf-Kilo-Teil. Als Stettler die Schinderei endlich abbrach, fand Erik noch die Kraft zu einer witzigen Bemerkung: »Das Grauen hat einen Namen – Medizinball!«

Alle, die den Spruch mitbekamen, klatschten Beifall, auch Stettler konnte sich ein Grinsen nicht verkneifen.

Abgesehen von solcher Einlage aber blieb der Nachmittag eine ernste Angelegenheit. Diese ganze Einheit wurde zu einer echten Qual für die Fußballer, denn Stettler und sein Trainerstab verzichteten auch weiterhin komplett auf den Einsatz eines Fußballs an diesem trüben Apriltag. Gegen sechs war die Folterstunde beendet und um sieben Uhr war man schon zum Abendessen verabredet.

Locke lief das Wasser im Mund zusammen und das nicht nur weil er einen Riesenhunger hatte. Das Essen sah sehr appetitlich aus und es war genau das, was er gern mochte. Zuerst gab es eine leichte Tomatensuppe, danach gebratene Hähnchenbrust mit gut gewürztem Ratatouille, dann Reis, und zum Nachtisch wurden frische Früchte gereicht. Als Getränk gab es eine Auswahl verschiedener Fruchtsäfte und natürlich Mineralwasser.

Erik, der neben Patrick saß, lobte das Essen.

»Mal ganz ehrlich, so ganz, ganz gelegentlich nehme ich ja auch mal einen Burger, aber gegen diese frischen Sachen hier ist das doch nur Pappessen, oder hat jemand eine andere Meinung?«

»Genau, meine Herren.« Stettler hatte den Satz natürlich aufgeschnappt. »Eine gesunde Ernährung ist für einen Top-Sportler mindestens ebenso wichtig wie ein vernünftiges Training. Darauf solltet ihr auch in euren Vereinen und Familien achten.« Alle nickten dazu. Der eine oder andere aber sicher mit schlechtem Gewissen, weil er zu oft und zu viel Fastfood zu sich nahm …

Direkt nach dem Essen wurde eine Mannschaftssitzung abgehalten. Stettler zeigte das Video eines Spiels der argentinischen U15-Auswahl. Was die Jungs zu sehen bekamen, war ziemlich krass. Die Südamerikaner verprügelten förmlich die U15 der USA in Miami mit 6:0. Die US-Amerikaner konnten nur über die Ballsicherheit und Schnelligkeit der

Argentinier staunen – und nicht anders erging es auch der versammelten Nachwuchselite des deutschen Fußballs. Unsicherheit war zu spüren.

Stettler sah, was los war. Er schaltete das Videogerät ab.

»Was meint ihr«, fragte er die Mannschaft, »wie können wir gegen die bestehen?« Eisiges Schweigen war die Antwort. Dann aber meldete sich Tim Sotters von Werder Bremen.

»Wir müssen versuchen, eng zu stehen«, begann er. »Jeder Zweikampf muss angenommen werden. Außerdem sollten wir sehr schnell spielen. Auch wenn wir im Ballbesitz sind, dürfen wir das Leder nicht lange am Fuß behalten. Maximal zwei Ballberührungen und dann ein genaues Abspiel, das müsste ein Rezept sein.«

Stettler war sichtlich beeindruckt. »Hey, Tim«, fragte er, »trainierst du heimlich eine Mannschaft?«

Sotters fühlte sich geehrt. »Nein, Herr Stettler, aber mein Vater ist Trainer bei den Amateuren von Werder. Da bekomme ich schon so einiges mit.«

»Aha, daher weht der Wind!«, erwiderte Stettler und lachte. Dann aber nickte er. »Also, vom Prinzip her hat Tim alles richtig erkannt. Jetzt brauchen wir nur noch die Spieler, die das umsetzen können. Wir werden das in den nächsten Tagen trainieren und herausfinden, wer die Besten sind.«

Damit erhob sich der Trainer und klatschte in die Hände. »Meine Herren, genug für heute. Gute Nacht! Und ab auf die Zimmer.«

Fünfundzwanzig Fußballer schlurften auf ihre Buden und dank des speziellen Einsatzes der Medizinbälle herrschte bereits zwanzig Minuten später tiefe Stille in den Fluren und den Zimmern von Barsinghausen.

Je näher man dem Spiel gegen Argentinien kam, desto mehr wurde mit dem Ball gearbeitet. Am Freitag fand dann das übliche Trainingsspiel der A-Elf gegen die B-Elf statt. Die Leute von der B-Mannschaft, die Ersatzelf also, sollte versuchen, den argentinischen Spielstil zu kopieren. Das ging allerdings komplett schief, denn den Jungs fehlte es an der nötigen Klasse. Bereits nach fünfzehn Minuten hatte Heiko Erde drei Tore in das Gehäuse von Sebastian Olf, dem zweiten deutschen Torwart, gelegt. Stettler – unter Hinweis auf den Tag zuvor, wo es besser geklappt hatte – schimpfte laut über den Platz: »Ihr könnt vielleicht Luxemburg imitieren, aber nicht Argentinien. Das hat so keinen Zweck. Wir brechen das Spiel ab.«

Die Spieler der B-Mannschaft verließen mit hängenden Köpfen den Platz und die A-Elf reagierte überheblich. Jörg Ahlers von Hertha BSC, der lange Mittelfeldspieler, genannt »Funkturm«, behauptete steif und fest: »Die Gauchos können kommen, die hauen wir weg!«

Stettler, der die Bemerkung aufschnappte, runzelte die Stirn. »Pass du mal lieber auf, dass du nicht aus der Mannschaft weggehauen wirst, die Sonntag aufläuft«, schnauzte er Ahlers geradezu an. »Die Argentinier – und ich sage es hier und heute zum letzten Mal – gehören zu den besten Jugendmannschaften der Welt und ihr habt gegen unsere B-Elf drei Tore geschossen und nicht gegen eine A-Nationalmannschaft. Wer das nicht kapiert, wird sein blaues Wunder am Sonntag erleben!«

Er blickte in die Spielerrunde. »Nur zur Verdeutlichung: Euer Gruppengegner Türkei hat vor zwei Tagen in Ankara gegen diese Argentinier mit 1:3 verloren. Selbstverständlich habe ich mir das Spiel auf Video besorgt, und ich konnte feststellen, dass die Türkei keine einzige echte Chance hatte. Lediglich unser Freund Matz, der ja mit Patrick bei Schalke spielt, ist mir angenehm aufgefallen. Er hat auch das Tor geschossen. Wir schauen uns die Höhepunkte heute Abend bei der Mannschaftsbesprechung an.« Er räusperte sich. »Danach werdet ihr bestimmt etwas bescheidener auftreten.«

Beim Stichwort Matz war Locke – für die anderen unmerklich – zusammengezuckt. Wehmut machte sich in ihm breit für einen Augenblick. Matz war also offensichtlich in guter Form. Früher hätte Locke per Mail oder SMS schon längst Informationen gehabt. Jetzt musste er sich alles aus zweiter Hand berichten lassen. Ein komisches Gefühl … Bedrückt ging er vom Platz und auf sein Zimmer.

Was da für ein Prüfstein auf sie zukam – das wurde den U15-Spielern am Abend bei der Mannschaftsbesprechung klar. Die Videovorführung war mehr als eindrucksvoll. Die türkischen Spieler hatten gegen die weiß-blauen Argentinier tatsächlich kaum Land gesehen. Alle Südamerikaner waren absolut spitze! Besonders auffällig aber war der Akteur mit der Nummer 10. In Buenos Aires wurde schon von einem neuen Maradona gesprochen. Und wirklich: Die Vorschusslorbeeren waren nicht aus der Luft gegriffen. Es war irre. Der schwarzhaarige Spielmacher konnte einfach alles am Ball. Zudem hatte er das komplett richtige Timing. Jedes Anspiel von ihm erreichte einen Mitspieler. Zwei der drei argentinischen Tore bereitete er perfekt vor. Steilpässe von Jorge Demel, so hieß dieser Wunderknabe, wurden von einem unglaublich schnellen Stürmer, die Nummer 7, mit dem Rücken aufgenommen und direkt verwandelt. Das ging so schnell, dass erst in der Zeitlupe deutlich wurde, wie genial diese Angriffe waren.

Bei der türkischen Mannschaft fiel, wie Stettler schon gesagt hatte, als Einziger Matz positiv auf. Ganz allein versuchte er es einige Male gegen die Abwehr der Südamerikaner und kurz vor Schluss gelang ihm so zumindest der Ehrentreffer. Matz grinste groß in die Kamera des türkischen Fernsehens und zeigte das Victory-Zeichen. Das konnte sich aber logischerweise beim Spielstand von 1:3 nur auf das bevorstehende Spiel gegen Deutschland beziehen: Die deutsche U15, so war es zu verstehen, würde von den Türken geknackt werden. Locke war es unbehaglich, wenn er daran dachte, jetzt bald gegen seinen einstmals besten Freund antreten zu müssen.

Nach der Videoschulung nannte Trainer Stettler die Aufstellung für das Argentinienspiel. Man wollte genauso wie gegen Luxemburg beginnen und je nach Spielstand in der zweiten Halbzeit einiges ausprobieren.

Die Arena in Hannover füllte sich an diesem Sonntag mit etwa fünfundzwanzigtausend Zuschauern. Auch ein Sportsender war mit seinen Kameras live dabei. Kurz vor der Europameisterschaft, und bei solch einem Gegner, war das Medieninteresse natürlich ungleich größer als gegen die Luxemburger …

Familie Schubert und Eva, die sich schon am Morgen auf die Strecke nach Hannover aufgemacht hatten, saßen zur Mittagszeit in unmittelbarer Nähe des Stadions in einem Restaurant. Herr Schubert spitzte die Ohren. Er und »seine zwei Frauen« waren nicht die einzigen Fußballfans hier. Auch an den Nachbartischen wurde über das bevorstehende Spiel diskutiert. Für Patricks Vater war es absolut das Größte, wenn in solchen Diskussionen der Name »Patrick« fiel, oder besser: »Locke«. Es war erstaunlich, dass der Spitzname seines Sohnes Einzug bei den Fußballfans gehalten hatte – ein Ausweis für sein Spieltalent.

»Dem Locke sollte Hannover 96 mal bald einen Profivertrag geben. Später werden die Schalker alles daransetzen, ihn zu halten.«

Herr Schubert lächelte vor sich hin, während er an seinem Schnitzel säbelte. Es war sein heimlicher Traum, dass sein Sohn später einmal Profi werden sollte. Aber bis dahin war es noch ein weiter Weg – was an diesem Sonntag deutlich werden sollte.

Feierlich wurden die beiden Mannschaften mit den Hymnen ihrer Nationen begrüßt. Dieses wunderschöne ovale WM-Stadion bot das perfekte Ambiente, aber, wie es schien, vor allem für die Gäste aus Argentinien: Die glänzten schon beim Warmmachen mit einigen kleinen Kunststückchen am Ball. Wann hatte man es schon mal erlebt, dass die Zuschauer bereits vor dem Spiel Applaus spendeten?

Patricks Vater auf der Tribüne ahnte Schlimmes. »Mein Gott, die sind ja jetzt schon weiter als mancher Bundesligaspieler. Wenn das mal gut geht.«

Und auch Eva sah besorgt auf den Rasen hinunter. »Die machen alle einen kräftigeren Eindruck als unsere Jungs«, meinte sie und zog die Brauen zusammen.

Natürlich bemerkten auch andere diese Unterschiede, doch am Anfang des Spiels gaben sich die deutschen Fans im Rund siegessicher. Entsprechende Anfeuerungsrufe kamen jedenfalls von den Tribünen. Zunächst wurde gesungen: »Auf geht's, Deutschland, schießt ein Tor.« Danach gab es ein kräftiges »Deutschland! Deutschland!«. Aber bereits nach fünf Minuten erstarben diese Gesänge schlagartig.

Jorge Demel mit der 10 auf dem Rücken marschierte durch die Abwehr der deutschen Mannschaft, als sei sie nicht vorhanden. Was für ein unwiderstehliches Solo! Kevin Rott im Tor wollte retten, was man nicht mehr retten konnte. Er lief dem Spielmacher entgegen, versuchte, sich ganz breit vor ihm zu machen, um dann doch lächerlich leicht umkurvt zu werden. Trocken ließ der Argentinier den Ball ins Tor der Deutschen laufen. 0:1!

Stettler stand am Spielfeldrand und schimpfte mit »Funkturm« Ahlers.

»Jörg«, schrie er, und fuchtelte wild mit den Händen, »ich habe dir doch gesagt, du sollst die Kreise der Zehn stören. Frühzeitig. Schon im Mittelfeld!«

Herr Schubert auf der Tribüne bemerkte: »Das gibt eine Packung!«

Eva mochte schon jetzt nicht mehr richtig hinschauen, denn Locke bekam kaum einen Ball unter Kontrolle, und wenn er mal das Spielgerät einige Meter führen konnte, waren schnell zwei, drei Argentinier bei ihm und raubten ihm förmlich den Ball.

»Da werden wir heute aber einiges an Trauerarbeit leisten müssen«, flüsterte Eva zu der neben ihr sitzenden Frau Schubert. Und so kam es auch.

Argentinien führte nach fünfundvierzig Minuten völlig verdient mit 4:0 und Stettler hätte getrost die komplette deutsche Mannschaft auswechseln können – bis vielleicht auf Kevin Rott, der hielt, was er nur halten konnte. Keiner der anderen hätte sich darüber beschweren dürfen, doch Stettler nahm nur einen einzigen Wechsel vor: Heiko Erde, der Stürmer aus Dortmund, wurde wieder einmal durch Erik Stössken von Tasmania 1900 aus Berlin ersetzt. Doch es nützte nichts. Die zweite Hälfte brachte keinerlei Besserung.

Argentinien spielte wunderbaren Fußball. Die Jungs aus Südamerika hielten sich jetzt fast etwas zurück und erzielten »nur« noch zwei Tore. So stand am Spielende auf der Anzeigetafel ein schreckliches Schlussresultat: DEUTSCHLAND – ARGENTINIEN 0:6.

Das war die höchste Niederlage, die eine deutsche Nachwuchsmannschaft seit vielen Jahren erlitten hatte, und beim DSF sprach der Kommentator davon, dass Deutschland und Argentinien Welten trennen würden.

Rot im Gesicht vor unterdrücktem Zorn, ging Trainer Stettler zu seinem Kollegen aus Argentinien und gratulierte zur tollen Leistung seiner Truppe. Hier draußen hatte er sich in der Gewalt, aber im Kabinentrakt explodierte er. So hatte die U15 ihren Trainer noch nie erlebt.

»Meine Herren«, fing seine Standpauke an, und diesmal grinste bei diesen Worten keiner der Spieler. »Alles, aber auch alles, was ich euch vor dem Spiel gesagt habe, wurde nicht befolgt. Der Abstand zu euren Gegenspielern – zwei bis drei Meter. Kaum einen Zweikampf habt ihr gewonnen, eine absolute Katastrophe. Eigentlich sollten wir uns sofort von der Europameisterschaft abmelden. Das war die größte Blamage, die ich jemals mit einer Mannschaft erlebt habe«, wetterte er. »Gut, die Argentinier sind Weltklasse, aber das wolltet ihr doch auch sein! Ihr habt Kreisklasse gespielt! Verstanden? Kreisklasse! Wenn Kevin nicht noch ein paar Dinger gehalten hätte, wären wir zweistellig hier vom Platz gegangen. Zweistellig! Die türkische Mannschaft hat sich bei ihrem 1:3 ganz ordentlich verkauft. Wenn ich die beiden Spiele vergleiche, dann verlieren wir gegen die Türkei mindestens mit zwei, drei Toren Unterschied!«

Stettler unterbrach sich und keiner sagte auch nur einen Mucks, alle duckten sich und zogen beschämt die Köpfe ein, denn ihr Trainer hatte recht. Auch wenn die Argentinier eine Top-Mannschaft waren, so hätte der Ausgang des Wettkampfes nicht sein müssen …

Stettler sah seine Spieler einen nach dem anderen an, im Raum herrschte absolute Stille.

»In wenigen Tagen«, fuhr er nun mit einer Stimme fort,

die sich geradezu gefährlich anhörte, »treffen wir uns in Berlin wieder, und ich garantiere euch, das wird kein Zuckerschlecken.«

»Und jetzt«, er holte Luft, »zieht euch um, wir sehen uns in genau dreißig Minuten im Presseraum wieder – natürlich ohne Presse. Dort gebe ich das Aufgebot für die EM bekannt, obwohl ich eigentlich nicht die geringste Lust dazu habe. Nach der Leistung von eben müsste ich mir eigentlich eine neue Mannschaft suchen!«

Damit ging er aus der Umkleide und schloss die Tür hinter sich. Das Schweigen, das er hinterließ, war gespenstisch.

Eva und die Schuberts waren auf dem Weg zum Parkplatz. Die Kommentare der Fußballfans klangen ihnen wie Hohn in den Ohren. »Chaotengruppe« und »Anfänger« waren noch nette Bezeichnungen. Im Auto dann schaltete Sandra Schubert das Radio ein und die drei hörten den Schluss des Kommentars zu dem Spiel. »Diese Mannschaft ist nicht würdig, Deutschland bei der Jugendeuropameisterschaft zu vertreten.«

Einen Augenblick herrschte nun auch im Auto eisiges Schweigen. Aber dann sagte Vater Schubert leise wie zu sich selbst: »Alles Blödsinn, der Herberger hat bei der WM 1954 in der Schweiz auch erst 3:8 gegen Ungarn verloren und trotzdem – oder gerade deshalb – ist Deutschland schließlich Weltmeister geworden.«

Diese Bemerkung seines Vaters hätte Patrick sicher gern gehört und auch seine Mannschaftskameraden. Sie alle versammelten sich in diesen Minuten im Presseraum des Stadions. Die Nominierung des Kaders verlief sehr schnell und fast einsilbig. Stettler hielt sich nicht lange auf.

»Meine Herren, nicht in Berlin sind dabei: Klaus Angler, der Stürmer vom FC Augsburg, Stephan Baler, aus dem Mittelfeld von Kaiserslautern, und Hamit Üzly, aus der Abwehr von Wattenscheid 09. Tut mir leid«, wandte er sich an die Betroffenen, »aber eure Zeit wird noch kommen. Für alle anderen«, und sein Blick ging kurz über die Truppe, »gilt nun volle Konzentration auf Berlin. Wir sehen uns. Das war's.«

Die letzten Tage vor Beginn der Europameisterschaft nutzte Locke zur Ablenkung vom Fußball. Zu Hause in Gelsenkirchen absolvierte er brav, aber auch voller Frust seine Läufe, bei denen ihn Poldi wie gewohnt begleitete.

Und am Vorabend der Abreise nach Berlin traf er sich nochmals mit der Band in der Eintracht.

Natürlich wurde – nicht! – über Fußball geredet, das Thema sollte tabu sein für die letzten Stunden vor der Meisterschaft... Allerdings war es nicht verboten, über Fußball-*Songs* zu reden!

Pfarrer Kelter gab das Stichwort: »Nirgendwo wird unser FUSSBALLMEDLEY gespielt, keine Radiostation hat das Lied bisher eingesetzt.«

»Es ist aber auch ungefähr das tausendste Lied über Fußball«, wandte Ronny ein. »Um gespielt zu werden, hätten wir ein anderes Thema nehmen sollen.«

»Stimmt«, bestätigte Eva, »aber jetzt ist es wohl zu spät.«

Thomas, der Keyborder, grinste. »Ein einziges schönes Liebeslied und schon bist du in den Charts. Es darf auch ein bisschen schnulzig sein.«

Alle stöhnten sofort auf: »Nicht noch einen Lovesong!«

Anschließend spielten sie ein bisschen – ein paar ihrer Lieblingssongs – und Locke, der Leadgitarrist, legte sich voll ins Zeug. Er fühlte sich wohl danach, fast erholt. Und so konnte er gut damit umgehen, dass Pfarrer Kelter am

Schluss des Abends, als die Truppe sich trennte, ihm zuraunte: »Viel Glück bei der EM. Leider habe ich dieses Mal keine geheimnisvollen Schuhe für dich wie damals die im Spiel von Newcastle. Aber glaube an deine Stärken, dann läuft das schon.«

Locke schaute ihn dankbar an. »Wird schon werden«, erwiderte er.

Vor dem Gebäude der Eintracht war ausnahmsweise seine Mutter vorgefahren. Sie war an diesem Abend bei einer Freundin gewesen, ganz in der Nähe, und hatte sich mit Patrick und Eva verabredet, um sie mitzunehmen.

Zunächst fuhr Sandra Eva heim. Vor dem Haus flüsterte Eva ihrem Locke ins Ohr: »Nach Berlin kann ich leider nicht kommen, aber das Endspiel findet ja in Dortmund statt, da wär ich schon gern dabei ...« Sie drückte ihn ganz fest an sich, und leise fügte sie hinzu: »Irgendwie bin ich mir sicher, dass ihr das schafft.«

Patrick war ihr dankbar – und musste zugleich schlucken, denn bis zum Endspiel waren es fast drei Wochen. So lange war er von Eva noch nie getrennt.

»Ich muss mit einem Bild von dir auskommen«, seine Stimme klang belegt, »aber du kannst mich im Fernsehen sehen.«

Eva lachte. »Du Angeber! Aber wir werden ja telefonieren und ab und zu auch eine Mail schicken. Ihr habt doch einen Internetzugang?«

Da hob Patrick die Stimme: »Für die Nationalspieler nur das Beste!«, erwiderte er ironisch.

Er machte sich von Eva los. »Ich muss jetzt aber ... meine Mutter wartet im Auto. Außerdem geht der Flieger nach Berlin morgen ziemlich früh. Er wird meinetwegen nicht warten, leider!«

Eva nickte einsichtig, obwohl es ihr schwerfiel, und nach

einem letzten Abschiedskuss – auf die Wange, wegen Lockes Mutter! – verschwand sie im Haus.

Als Patrick wieder neben Sandra im Auto saß, lästerte die im Spaß.

»Was für eine schöne Verabschiedung. Ach, verliebt müsste man sein!«

Patrick schaute seine Mutter entsetzt an. »Und was ist mit dir und Papa?«

Sandra musste lachen. »War nur so ein Spruch!« Dann drehte sie das Radio an. Auf dem Display erschien der Schriftzug des Senders »1LIVE«.

Der Moderator musste ein ziemlich junger Typ sein. Locke hörte es an der Stimme. Und dann geschah etwas, was seine Stimmung an diesem Abend noch verbesserte.

»Wie immer dienstags nach zweiundzwanzig Uhr stellen wir euch ein paar brandneue Titel vor. Hier auf meinem Pult liegt die erste Aufnahme einer Gelsenkirchener Band, die auf den etwas doofen Namen NEW KICKING DEVILS hört. Denen ist dann auch nichts Besseres eingefallen, als ein merkwürdiges Fußballmedley zu produzieren. Wir haben uns das angehört und fanden es nicht gerade cool, na ja, vielleicht muss man fußballmäßig Extremfan sein, dann ist der Song sicher nicht schlecht …« Und jetzt legte der Typ am Mikrofon Spannung in die nächsten Sätze. »Manchmal verbirgt sich ja doch auch etwas Gutes unter dem Begriff Bonustrack. Und tatsächlich gibt es hier auf der CD einen solchen und der nennt sich SCHULTERROR. Diesen Song und den Sound, den die Band hier zeigt, fanden wir so gut, dass wir euch dieses Erstlingswerk nun vorstellen wollen …

»Wow!« Locke traf fast der Schlag. Das konnte nicht wahr sein! Frau Schubert schrie auf vor Überraschung. Hier im Autoradio war jetzt die Stimme von Eva und der kraftvolle Rocksound der DEVILS zu hören. Es war unfassbar! Patrick griff sofort zum Handy. Fast zitterten ihm die Finger. Er schickte an alle Bandmitglieder und an Pfarrer Kelter eine SMS: SENSATION! DEVILS LAUFEN GERADE BEI 1LIVE MIT SCHULTERROR! VIELLEICHT KOMMEN WIR DOCH NOCH IN DIE CHARTS! WAHNSINN!

Wenn das keine Motivation war für alles, was vor ihm lag! Keiner hatte mehr damit gerechnet, dass die DEVILS im Hörfunk gespielt würden … und ausgerechnet der B-Song SCHULTERROR!

Hatten nicht alle die U15 nach dem 0:6 gegen Argentinien auch schon abgeschrieben? Die Zeitungen hatten sie heftig kritisiert, als hätten die Spieler noch nie einen Ball gesehen … Nun aber beschloss Locke für sich: »Jetzt erst recht!«

Wieder einmal hatte er erfahren können, es gibt immer Licht am Horizont.

Der Mittwochmorgen begann verdammt früh. Bereits um sechs wurde Locke von seiner Mutter geweckt.

»Auf geht's, Junge. Die Europameisterschaft wartet.«

Aus dem Bett springen, unter die Dusche gehen und in der Küche ein kleines Frühstück einnehmen, waren eins. Noch einen kurzen Spruch vom Herrn Papa anhören: »Mach mir keine Schande, der Name Schubert steht seit Jahrhunderten für höchste Fußballqualität …«, und schon war Locke auf dem Weg zum Flughafen Düsseldorf.

Das lang gestreckte Gebäude des Terminals aus Glas, Stahl und Beton wirkte an diesem Morgen total zukunftsweisend. So modern. So positiv. Lockes schlechte Stimmung seit dem Auftritt in Hannover war ein für alle Mal verflogen. Er strahlte wieder Zuversicht aus.

Am Schalter der Lufthansa warteten schon die anderen Spieler aus Nordrhein-Westfalen auf ihn. Hannes Balder, Micha Kühn, Lukas Potborski, Ümit Hassan und Heiko Erde. Die Begrüßung fiel nicht ganz so euphorisch aus wie sonst. Locke spürte, dass das 0:6 ihnen allen noch in den Knochen steckte. Aber dann begann man doch, vorsichtig zu witzeln, ein bisschen herumzuhampeln und schließlich auch neueste Informationen auszutauschen. Heiko erzählte, dass er zufällig auf einem türkischen Sender das letzte Vorbereitungsspiel ihres Gruppengegners in Ausschnitten gesehen hätte.

»Die haben genau wie wir am Sonntag noch einmal gespielt«, berichtete er. »Gegen Finnland. Im Gegensatz zu uns haben sie sich aber nicht blamiert. Ein ungefährdetes 5:0 gab es für die türkischen Jungs.« Er wandte sich direkt an Patrick. »Und dein Freund Matz scheint in der Form seines Lebens zu sein. Er hat alleine drei Buden gemacht. Klasse Mann!«

Locke zuckte innerlich zusammen. Jetzt hatte er einmal nicht an Matz gedacht, ein paar Tage lang, aber da war es wieder, dieses saublöde Gefühl, einen Freund verloren zu haben. Er zwang sich zu einem Lächeln.

»Gut, dass ich nicht in der Abwehr spiele.«

In dem Moment wurde der Flug nach Berlin aufgerufen. Es ging los, und Patrick war froh, nicht weiter über Matz nachdenken zu müssen. Pünktlich um kurz vor acht saßen die sieben U15-Nationalspieler in den bequemen Sitzen der Lufthansamaschine. Um drei Minuten nach acht hob der Airbus 310 ab, und es begann das größte Abenteuer im Leben von Locke.

Berlin hatte sich fein gemacht für die Europameisterschaft. In der Halle des Flughafens Berlin Tegel hingen die Flaggen der sechzehn teilnehmenden Länder, und überall waren Plakate angebracht, die auf das Ereignis aufmerksam machten. Schon bei der Ankunft überkam die Spieler ein Gänsehautgefühl.

Fast zeitgleich mit ihnen landete, aus Rom kommend, ein Flugzeug der Alitalia. Die italienischen Spieler wirkten unglaublich cool auf die deutschen Gruppengegner. Wie aus dem Ei gepellt, betraten sie die Halle, die gesamte Delegation trug elegante dunkelblaue Anzüge und bestimmt zehn Presseleute wuselten um sie herum. Die Mannschaft wirkte echt wie eine Profitruppe. Ein »Zeichen« dafür war wohl auch, dass viele der Jungs mächtig Gel im Haar hatten, wie die erwachsenen Nationalspieler. Eigentlich ein Grund zum Lächeln, aber Patrick sprach aus, was seine Mannschaftskollegen dachten.

»Wenn die nur halb so gut spielen, wie sie aussehen«, meinte er, »dann bekommen wir gegen Italien auch eine Klatsche.« Die anderen nickten betreten. Sie wussten, die italienischen Spieler hatten in der Vorbereitung zur EM auch ein Freundschaftsspiel gegen Argentinien absolviert und dabei ein sehr achtbares 1:1 erzielt. Die Sorge der deutschen Jungs war also durchaus berechtigt.

Ein Vertreter des DFB hatte Patrick & Co. aufgelesen. Per Bus würde es nun an den Müggelsee gehen, in einem östlichen Bezirk der Stadt. Dort, im Sporthotel »Seeblick«, hatte der DFB für seine U15 Quartier bezogen.

Patrick war zum ersten Mal in Berlin und total begeistert. Staunend sah er aus dem Fenster auf die Mischung aus modernsten Gebäuden am Potsdamer Platz und der Pracht alter Fassaden Unter den Linden.

Ausgerechnet der Dortmunder Heiko Erde begann zu lästern: »Siehste, Locke, so sieht eine Weltstadt aus. Nicht so spießig wie euer Dorf da in Schalke.«

Aber Patrick reagierte ganz cool. »Das sagt natürlich einer, der aus Lüdenscheid-Nord angereist ist«, konterte er.

Die Stimmung im Bus konnte nicht besser sein, als das Fahrzeug am Müggelsee eintraf.

Das Hotel lag etwas außerhalb des Wohnviertels, damit die Spieler sich in aller Ruhe auf das Turnier vorbereiten konnten – und was besonders schön war: direkt am See!

Alle anderen Mitglieder der Mannschaft plus Trainerstab warteten schon in der Empfangshalle auf die Jungs aus Nordrhein-Westfalen.

»Mannschaft«, begrüßte Trainer Stettler ohne Umschweife die versammelte Truppe, »wir werden uns jetzt hier gemeinsam einkleiden lassen. Das passiert im Raum ›Dresden‹. Ihr bekommt dort den offiziellen Ausgeh-Anzug mit allem Drum und Dran und zwei Trainingsanzüge. Es gibt eine Kleiderordnung während der EM. Ihr tragt den Anzug bei allen Fahrten ins Stadion und zurück. Trikots für Spiele und Übungseinheiten werden wie immer vom Zeugwart gestellt. So, und jetzt holt bitte eure Sachen ab und dann treffen wir uns um halb zwölf in der Halle wieder.« Er zeigte auf einen riesigen Zettel, der an einem Klemmbrett hing. »Eure Zimmernummern stehen hier an der Tafel.« Dann räusperte er sich. »Ihr seht«, sagte er, »wir sind erstmals in einem Hotel und in keiner Sportschule untergebracht. Wir haben das Haus für die gesamte EM angemietet. Daran könnt ihr sehen, dass ich weiterhin an euch glaube. Mehr dann gleich um halb zwölf. Jetzt viel Spaß beim Einkleiden!«

Dieses Einkleiden wurde wirklich lustig, denn die Spieler erhielten zu den Anzügen auch Krawatten und kaum einer konnte diese komischen Dinger binden. Aber die Damen und Herren von der Anzugfirma, die den Jungs beratend zur Seite standen, konnten da problemlos aushelfen. Der DFB hatte tiefschwarze Anzüge mit weißen Hemden und grünen Krawatten gewählt. Kevin Rott hatte dazu den passenden Spruch parat: »Hey, mit den Klamotten haben wir jetzt sogar bei den Tussen von ›Germanys Next Top Model‹ eine Chance.«

Die »Modenschau«, wie Locke die Prozedur etwas abfällig nannte, war erfreulicherweise schnell beendet. Allerdings musste er zugeben, dass sie nun den Jungs aus Italien kaum noch nachstanden, bis auf die gegelten Haare natürlich …

Danach bezogen Erik und er ihr Zimmer – das eigentlich ein kleiner Palast war. Es gab einen Computer mit Internetanschluss, einen tollen Fernseher mit Flachbildschirm, eine Minibar mit alkoholfreien Getränken, ein total schickes Badezimmer mit der größten Dusche, die Locke je gesehen hatte, und dazu einen wunderbaren Blick aus dem großen Panoramafenster auf den in der Sonne glitzernden See. Es war traumhaft.

Viel Zeit, den Traum zu genießen, hatten sie allerdings nicht. Kaum steckten sie in ihren offiziellen Trainingsanzügen, mussten sie auch schon zur angesetzten Besprechung in der Hotelhalle. Eine große Leinwand und ein Beamer erwarteten sie und natürlich Trainer Stettler. Wie es seine Art war, kam er schnell zur Sache.

»Meine Herren«, wieder die übliche Anrede, aber niemand feixte, »als Erstes gehen wir die EM mit allen Gruppen und möglichen Zwischenrunden durch.

Auf der Leinwand erschien nun in großer Schrift:

GRUPPE A	GRUPPE B
Spielort Berlin	Spielort Hannover
DEUTSCHLAND	ENGLAND
TÜRKEI	ALBANIEN
POLEN	PORTUGAL
ITALIEN	SPANIEN

GRUPPE C	GRUPPE D
Spielort München	Spielort Leipzig
BELGIEN	SCHWEDEN
SCHOTTLAND	ÖSTERREICH
RUSSLAND	SCHWEIZ
HOLLAND	RUMÄNIEN

»Wie ihr alle wisst«, führte Stettler weiter aus, »kommen die beiden Gruppenersten in die Zwischenrunde, dann kommt es zu folgenden Spielen.«

Auf der Leinwand stand zu lesen:

SPIEL A in Berlin:

Gruppenerster A – Gruppenzweiter B

SPIEL B in Köln:

Gruppenerster B – Gruppenzweiter A

SPIEL C in München:

Gruppenerster C – Gruppenzweiter D

SPIEL D in Nürnberg:

Gruppenerster D – Gruppenzweiter C

Ernst klang der Bundestrainer, als er nun erklärte: »In dieser Zwischenrunde kommt natürlich nur weiter, wer gewinnt. Diese Begegnungen werden bereits Pokalcharakter haben, das heißt: Nach neunzig Minuten wird es, falls das betreffende Spiel unentschieden stehen sollte, eine Verlängerung von zwei mal fünfzehn Minuten geben. Sollte dann immer noch kein Sieger feststehen, muss ein Elfmeterschießen entscheiden. Eine gute Kondition und größtmögliche Schusssicherheit aufs Tor des Gegners können also turnierentscheidend sein. Danach stehen die Halbfinalspiele an.«

Jetzt erschienen die Informationen dazu an der Wand:

1. HALBFINALE in Gelsenkirchen:

Sieger Spiel A – Sieger Spiel D

2. HALBFINALE in Frankfurt:

Sieger Spiel B – Sieger Spiel C

»Auf die Verlierer der Halbfinalspiele wartet dann noch das sogenannte kleine Endspiel …«

Stettler wies auf die Leinwand. Dort erschien nun:

SPIEL UM PLATZ 3 in Berlin.

»Da wollen wir aber gar nicht hin …« Jetzt lächelte der Trainer. »… weil wir ja lange genug in Berlin waren. Wir wollen am 18. Mai zum Endspiel in Dortmund sein. Das größte Stadion der Republik wartet auf uns!«

In großen Buchstaben war dann zu lesen:

ENDSPIEL – 18.5.2008 – 18.00 Uhr in DORTMUND

Kader der deutschen U15 starrte auf dieses Wort »ENDSPIEL«. In der Halle blieb es einige Augenblicke lang sehr, sehr ruhig. Dann erhob Stettler seine Stimme.

»Glaubt ihr an dieses Ziel?« Ein vielstimmiges »Ja!« und lauter Applaus waren die Antwort.

Der Trainer hob abwehrend die Hände. »Mit dem Match gegen Argentinien haben wir viel Vertrauen verspielt, und ich muss zugeben, dass ich ziemlich … nun sagen wir es gerade heraus … ziemlich sauer über das Ergebnis war. Aber dennoch bin ich wild entschlossen, mit euch zu beweisen, was wir wirklich können. Die erste Voraussetzung ist, dass wir ganz eng zusammenhalten. Wie Pech und Schwefel, heißt es, aber das ist mir noch fast zu wenig. Jeder von euch, auch die, die nicht zu den ersten elf unserer Mannschaft gehören, ist dabei wichtig. Wir sind ein Team! Was sind wir?«

Aus allen Kehlen im Saal hallte es zurück: »Ein Team!«

Stettler sah zufrieden aus. »Okay, dann gehen wir es an. In einer Viertelstunde treffen wir uns draußen auf dem Sportplatz neben dem Hotel.«

Die Spieler sprangen aufgeregt von den Sesseln. Und

auch wenn alle ohnehin ihr Bestes geben wollten – solch eine Rede befeuerte die Zuversicht und den Willen noch mehr. Sie würden zeigen, was sie draufhatten.

Das Training bestand zunächst, wie gewohnt, aus einer Konditionseinheit, aber die war längst nicht so hart, wie vor einigen Wochen in Barsinghausen. Nach etwa dreißig Minuten begann die Arbeit mit dem Ball.

Stettlers Stimme tönte über den Platz. »Erik und Patrick, bitte in die Sturmmitte. Über die Außenpositionen werden jetzt jede Menge Flanken geschlagen. Eure Aufgabe besteht darin, jeden Ball direkt zu verwerten, egal ob mit dem Kopf oder mit dem Fuß. Kevin, ab ins Tor. Das Schöne für euch: Wir werden auf jegliche Verteidigung verzichten.«

Die Bälle flogen jetzt nur so in den Strafraum. Erik und Locke konnten nach Herzenslust auf das Tor ballern. So gab es viele schöne Treffer, aber auch Kevin zeigte sensationelle Paraden … Auf der anderen Seite des Platzes fand das gleiche Spielchen mit den weiteren Stürmern und den Torhütern zwei und drei statt. Diese Trainingsmethode war super, denn jeder, egal ob er Flanken schlug, im Tor spielte oder Verwerter war, hatte viele Erfolgserlebnisse. Die Spieler gingen voller Freude und Zuversicht aus dieser Trainingseinheit hinaus.

Am Abend, nach der Mannschaftssitzung, hatte Locke noch die Möglichkeit, über den Computer im Hotelzimmer Mails zu verschicken. Die erste ging an seine Freundin Eva.

Locke@hotelseeblick.de an Eva@gelsennet.de
Liebe Eva,
hier läuft alles optimal. Die Stimmung ist überragend. Alle glauben wieder an den Titel. Das Training macht

unglaublich viel Spaß und mit Zimmergenosse Erik komme ich auch super aus. Was gibt es Neues in der Heimat?
Dein Locke

Auch Lockes Eltern hatten endlich gelernt, E-Mails abzurufen und so bekamen sie die zweite Mail.

Locke@hotelseeblick.de an Schubert@gelsennet.de
Liebe Eltern, lieber Poldi!
Ganz kurz nur: Berlin ist eine unglaublich schöne Stadt. Ich habe einiges auf der Fahrt zum Hotel gesehen! WAHNSINN! Wir sollten hier bald mal eine Woche Urlaub machen … Poldi, keine Bange, es gibt auch genügend Bäume! Aber das Wichtigste: Papa, unsere Truppe wird Dir keine Schande machen. Du kannst ruhig darüber reden, dass Dein Sohn in dieser Mannschaft spielt. Glaubt an uns!
Euer Locke

Am Müggelsee wuchs eine echte Mannschaft zusammen. Jeder spürte es. Und das war gut so, denn der Anpfiff des Spiels gegen die Türkei am Sonntag rückte unaufhaltsam näher. Beim Abschlusstraining am Samstag sorgte Stettler noch für eine Überraschung. Er ließ mit drei echten Sturmspitzen die A-Mannschaft gegen die B-Mannschaft antreten. Erstmals spielten Erik Stössken, Heiko Erde und Patrick Schubert zusammen. Derart offensiv war die U15 noch nie aufgestellt worden. Doch es lief von Anfang an ausgezeichnet mit den drei Stürmern. Die Laufwege wurden konkret eingehalten, keiner stand dem anderen im Weg.

Es lief klasse!

Bei der anschließenden Mannschaftsbesprechung im

Hotel erklärte Stettler die Umstellung. »Die Türken«, führte er aus, »werden wohl nur mit einer einzigen wirklichen Spitze antreten: Matz, der uns ja ganz gut bekannt ist, wurde etwas von der rechten Seite abgezogen und in die Sturmspitze gestellt. Ein anderer aus dem Team wird versuchen, Matz immer wieder ins Spiel zu bringen. Dahinter werden zwei Riegel mit jeweils vier Spielern kompakt defensiv stehen. Wir müssen uns also offensiver verhalten! Deshalb will ich es mit drei echten Stürmern versuchen, von denen einer, nämlich Locke, im Rücken von Heiko und Erik operieren soll. Hier unsere taktische Aufstellung.«

Auf der Leinwand erschien folgendes Muster:

Rott

Balder Stölzing Kühn Rossbach

Dömpf

Podborski Ahlers

Schubert

Erde Stössken

Lebhaft wurde die Aufstellung diskutiert. Stettler beendete aber alle Gespräche an diesem Abend mit dem so abgenutzten Satz: »Freuen wir uns auf das Eröffnungsspiel gegen die Türkei.«

Die Türkei! Je näher das Spiel rückte, desto mulmiger wurde es Locke. Bald würde er Matz auf dem Fußballfeld gegenüberstehen. Matz, seinem einstigen Freund …

Nach der Besprechung öffnete er noch schnell einige Mails, und so konnte er lesen, dass es seinen Leuten daheim in Gelsenkirchen ähnlich ging wie ihm.

Eva@gelsennet.de an Locke@hotelseeblick.de
Lieber Locke,
endlich geht morgen Eure Europameisterschaft los.
Ich werde mir das Spiel zusammen mit Deinen Eltern
bei Euch zu Hause anschauen. Du glaubst nicht,
wie nervös ich bin! Und wenn ich mir vorstelle, was
außerdem jetzt noch in Dir vorgeht wegen Matz …
Aber trotzdem, versuch ein bisschen nett zu ihm
zu sein – soweit das bei einem Fußballmatch geht.
Ich bin in Gedanken ganz nah bei Dir. Wie immer!
Deine Eva
PS: Die NEW KICKING DEVILS werden weiter, immer mal wieder hier bei 1LIVE im Radio gespielt.
SCHULTERROR scheint ein Geheimtipp zu werden.
Ob wir es auch noch in die Hitparade schaffen?

Locke wurde es ganz warm ums Herz. Schon auch wegen der SCHULTERROR-Nachricht, aber vor allem: Was für ein schönes Gefühl, eine Freundin wie Eva zu haben. So, jetzt noch schnell die zweite Mail lesen …

Schubert@gelsennet.de an Locke@hotelseeblick.de
Hallo Großer!
Nur ganz kurz, weil Du ja sicher unheimlich
beschäftigt bist. Wir drücken Dir die Daumen für das
Spiel gegen die Türkei. Schau Matz vor dem Match
ganz fest in die Augen und lächle dabei, vielleicht
hilft das ja.
Liebe Grüße
Mama und Papa

Erik und Locke unterhielten sich vor dem Einschlafen noch über das bevorstehende Spiel. Als Erik langsam wegdämmerte, schloss auch Patrick die Augen. Und im Halbschlaf murmelte er: »Lieber Gott, lass das morgen alles gut gehen!«

Morgen um Punkt drei.

11

Gegen halb zwei traf die U15-Nationalmannschaft Deutschlands im Olympiastadion Berlin ein. Ein riesiges Rund für siebzigtausend Zuschauer. Der Rasen leuchtete an diesem strahlenden Frühlingstag und das Blau der Tartanbahn umrahmte das Grün wie ein gewaltiges Band.

Staunend schauten die Spieler sich in der WM-Endspielarena von 2006 um. Die Ränge waren bereits gut gefüllt. Etwa dreißigtausend Besucher saßen schon auf den Plätzen, denn um 14 Uhr sollte es eine kleine Eröffnungsfeier geben. Die Jungs betraten schon einmal den Rasen und zaghafter Beifall war zu hören. Die Spieler grüßten winkend in die Menge.

Heiko Erde war absolut begeistert von der Qualität des Rasens. »Wie ein Teppich«, sagte er gerade zu Locke, als es plötzlich in einer der Kurven des Stadions infernalisch laut wurde.

»Türkiye! Türkiye!«, riefen Tausende.

Die Zuschauer sprangen wild herum und schwenkten rote Fahnen mit dem Halbmond. Locke wusste, in keiner Stadt Deutschlands wohnten so viele Türken wie in Berlin. Irgendwie konnte man das Gefühl bekommen, dies könnte ein Heimspiel für die Türkei werden …

Der Grund der Begeisterung war schnell ausgemacht, denn die U15-Spieler der türkischen Mannschaft betraten ebenfalls langsam den Rasen des Olympiastadions. Cool und lässig begrüßten sie die Fans. Fast wirkte das etwas überheblich. Zu den deutschen Jungs hielten sie bewusst großen Abstand, lediglich die beiden Trainer reichten sich am Spielfeldrand lachend die Hände. Stettler und Asi Tyfecü kannten sich aus alten Zeiten, denn der U15-Trainer der Türkei hatte auch drei Jahre in der deutschen Bundesliga gespielt. Über das bevorstehende Match wurde allerdings bewusst kein Wort gesprochen.

Die beiden Mannschaften zogen nun ab in die hochmodernen Umkleidekabinen des Stadions, denn die Eröffnungszeremonie begann. Viele hundert Kinder tanzten zu Computerklängen auf dem grünen Rasen, und aus den vielen Täfelchen, die sie dabeihatten, bildeten sie schließlich das Logo der europäischen Fußballunion. Der Regierende Bürgermeister von Berlin hielt eine bemerkenswert kurze Ansprache und Michel Platini, der Präsident der UEFA, einst ein absoluter Fußballweltstar, erklärte die Schüler-Europameisterschaft für eröffnet.

»Sehr wichtig ist uns«, fügte er hinzu, »dass wir nicht nur einfach Fußball zusammen spielen, sondern dass die unterschiedlichen Kulturen Europas ebenfalls zusammenfinden.«

Die Zuschauer im Stadion standen auf und klatschten in die Hände. Zum Abschluss der Show trat die Mädchenband *Monrose* mit dem offiziellen Song zur EM auf, den man schlicht und einfach »United« getauft hatte.

Halb drei. Die Mannschaften betraten das Stadion zum Aufwärmprogramm. Das weite Rund war bis auf den letzten Platz gefüllt. Als Locke das sah, durchrieselte ihn ein Schauer vom Nacken bis zu den Fußsohlen. Wow! Siebzigtausend Zuschauer begrüßten die Mannschaften begeistert. Endlich Fußball!

In Gelsenkirchen bei der Familie Schubert hatte sich eine äußerst kompetente Runde zum gemeinsamen Fernsehen eingefunden. Pfarrer Kelter war dazugekommen und selbstverständlich war auch Eva längst da, zusammen mit ihren Eltern, dem Ehepaar Dahl. Evas Vater, Zahnarzt von Beruf, war ja eher ein Fußballbanause, der nur gelegentlich ein Spiel anschaute, aber dies hier wollte er dann doch nicht verpassen.

Poldi hatte auf seinem Lieblingskissen Platz genommen, und da zu erwarten war, dass auch er seine Meinung zum Spielverlauf kundtun würde, war das Gerät sehr laut eingestellt worden … Entsprechend brüllte die Stimme des Reporters in das nicht gerade große Wohnzimmer in der Overhofstraße 8.

»Wir sind gespannt, wie unsere U15 die Niederlage gegen Argentinien verdaut hat. Interessant, dass Trainer Stettler sehr offensiv aufgestellt hat. Deutschland spielt mit drei Stürmern.«

Auf dem Schubert'schen Tisch standen diverse Leckereien und man hatte sich eine Flasche Wein geöffnet. »Zur Feier des Tages«, wie Vater Schubert erklärt hatte.

Alle konnten nun sehen, wie beide Mannschaften einliefen ins Stadion, hören, wie es dort immer lauter wurde.

»Türkiye! Türkiye!«

Herr Schubert stutzte. »Spielen die in Istanbul?«, fragte er sich laut und guckte besorgt. Aufgeregt griff er in eine Schale mit verschiedenen Sorten Schokolade und futterte eine Handvoll zur Beruhigung.

Die Mannschaften stellten sich vor dem Mittelkreis in einer Reihe auf und es erklang die Hymne der Türkei. Alle Spieler sangen mit. Die Kameras gingen dabei nah auf die Gesichter. Eva konnte sehen, dass Matz mit ganz besonderer Inbrunst sang. »Der sieht aber entschlossen aus«, meinte sie, und Kelter nickte.

Jetzt, nach der deutschen Nationalhymne, kamen die türkischen Spieler an der deutschen Mannschaft zum Händeschütteln vorbei. Matz blieb eine Sekunde länger als vielleicht nötig vor Locke stehen. Er reichte ihm die Hand, drückte fest zu und sagte irgendetwas und Patrick antwortete ihm.

Pfarrer Kelter vor dem Fernseher guckte wie gebannt der Szene zu. »Solange Menschen miteinander reden und sich die Hand geben«, murmelte er, »hauen sie sich wenigstens nicht die Köpfe ein.«

Vater Schubert neben ihm hatte es gehört. Skeptisch entgegnete er: »Die können sich aber jetzt schön die Füße brechen, wenn sie wollen.«

Das aber hatte Matz gesagt: »Bol sanslar!« Und zu seinem eigenen Erstaunen hatte Patrick geantwortet: »Bol sanslar!« Patrick wusste, dass das »Viel Glück!« hieß. Dann war Matz auch schon an ihm vorbei, drückte die Hand des nächsten deutschen Spielers.

Der Anpfiff vom österreichischen Schiedsrichter. Siebzigtausend Zuschauer bevölkerten das Rund, aber zu hören waren nur die türkischen Fans. Die Türkei stand, wie angekündigt, von der ersten Sekunde an in einem festen Abwehrverbund. Dennoch hatten die deutschen Spieler zunächst die erste Möglichkeit.

Vierte Minute: Abschlag von Kevin. Der Ball flog bestimmt sechzig Meter weit. Fast am gegnerischen Strafraum senkte sich das Leder. Kevin war natürlich bis zur eigenen Grenze des deutschen Sechzehn-Meter-Raums gelaufen. Heiko Erde nahm den Ball mit dem Kopf und gewann das Duell gegen einen türkischen Innenverteidiger. Er legte ab, genau auf den rechten Fuß von Patrick Schubert. Der schoss sofort aus etwa über zwanzig Metern Entfernung. Ein mächtiger Schuss. Volley abgefeuert. Das Ding zischte halbhoch auf die rechte Torecke der Türkei zu. Der Torhüter, ein langer Schlacks, konnte mit einer Faust den Knaller abwehren. Ein Raunen ging durch das Olympiastadion.

Daheim in Gelsenkirchen hatte das zur Folge, dass Pfarrer Kelter die Weinflasche vom Tisch boxte, Herr Schubert die Scherben zusammensammelte und Lockes Mutter eine neue Flasche öffnete. Poldi schnupperte am verschütteten Wein und Evas Vater lächelte süffisant.

Nach weiteren wenigen Minuten schwärmte der Fernsehreporter schon von einem sehr guten Spiel, und mit sich überschlagender Stimme kommentierte er: »Jetzt kommt die Türkei erstmals über die rechte Seite in die deutsche Hälfte. Erdal Kesici führt das Leder und flankt jetzt aus vollem Lauf. Matz, der Stürmer von Schalke 04 und seit gut einem Jahr für die Türkei in der Vorbereitung auf diese EM, nimmt den Ball auf. Er flankt direkt mit dem Kopf, steht etwa elf Meter vor dem Tor von Kevin Rott. Der deutsche Schlussmann hat wenig Mühe mit dem unplatzierten Kopfball. Aber sofort kommen wieder die Anfeuerungsrufe der vielen tausend Fans der türkischen U15.«

Die Fernsehregie reagierte und zeigte den roten Fanblock groß auf dem Bildschirm.

Die nächste gefährliche Aktion ging wieder von der deutschen Mannschaft aus. Erik Stössken spielte einen Doppelpass mit Heiko Erde. Heiko lief ganz allein auf das türkische Tor zu. Der Keeper verließ sein Gehäuse. Heiko lupfte den Ball gekonnt über den Torwart – aber leider auch knapp über das Tor.

Die deutschen Fans stöhnten. Stettler stand am Spielfeldrand und klatschte zufrieden in die Hände. Für ihn lief es erst mal nicht so schlecht. In den nun folgenden fünfzehn Minuten kehrte etwas Ruhe in das Spiel ein. Der Reporter im Fernsehen erklärte: »Beide Mannschaften neutralisieren sich in dieser Phase der Begegnung. Keiner macht einen Fehler, deshalb passiert momentan nicht viel auf dem Platz. Für Taktikliebhaber ist es aber ein tolles Spiel. Wirklich alle Akteure halten ihre Positionen perfekt.«

Nach fünfundvierzig Minuten stand es immer noch 0:0 und es ging in die Pause.

In der Kabine lobte Stettler seine Mannschaft ausdrücklich. »Meine Herren, das gefällt mir gut, wie ihr das hier macht. Wir brauchen Geduld. Wahrscheinlich wird dieses Spiel entschieden durch einen Fehler. Versuchen wir doch einfach, die Türken zu diesem Fehler zu zwingen. Locke, du musst noch einen Tick weiter vorne stehen. Okay?« Patrick nickte.

Die zweite Hälfte begann mit einem Sturmlauf der deutschen Mannschaft. Die Türkei stand fast ausschließlich in der eigenen Hälfte und schlug den Ball nur noch nach hinten. Geordnet war der Spielaufbau der ganz in Rot spielenden Mannschaft nicht mehr. Es schien nur noch eine Frage der Zeit bis zum 1:0 der deutschen Mannschaft zu sein. Die bislang so lauten Fans der Türkei waren ganz ruhig geworden. Heiko Erde schoss in der siebzigsten Minute aus einiger Entfernung an die Latte. Das gesamte deutsche Team hatte schon die Hände in die Luft gerissen. Der Querbalken verhinderte aber die Führung.

In Gelsenkirchen wäre bei dieser Situation fast der Tisch der Familie Schubert in alle Einzelteile zerlegt worden, denn Lockes Papa trommelte mit den Fäusten auf das Schmuckstück. Evas Eltern sahen sich etwas betroffen an. Poldi bellte wie wild und Eva konnte auch nicht mehr ruhig auf ihrem Sessel sitzen. Sie tigerte vor dem Fernseher hin und her, als ob sie selbst gleich den Ball spielen wollte.

Auf dem Spielfeld waren sich Locke und Matz bislang

nicht begegnet. Ihre vorgegebenen Positionen verhinderten das bisher. Die achtzigste Minute war angebrochen und der Schiedsrichter aus Österreich pfiff Freistoß für Deutschland. Erik Stössken war von einem türkischen Abwehrspieler außerhalb des Strafraumes gefoult worden. Die Torentfernung betrug knapp zwanzig Meter. Locke legte sich den Ball zurecht.

Herr Schubert vor dem Fernseher schrie: »Hau ihn rein! Du kannst das, Locke!«

Die Mauer der Türken formierte sich. Der Schlussmann gab seiner Abwehr aufgeregt mit den Fingern Hinweise, wie man sich zu postieren hatte.

Der Kommentator im Fernsehen witterte die Chance zum 1:0. »Das wäre jetzt, zehn Minuten vor Schluss«, ratterte er, »fast der ideale Zeitpunkt für die deutsche Führung. Ob die türkische Elf darauf eine Antwort wüsste? Ich mag es bezweifeln. So, die Mauer steht. Martin Würz, der Schiedsrichter aus Wien, gibt den Ball frei. Patrick Schubert läuft an. Ein Schuss wie ein Strich!!! Toooorrrr!!! Nein, doch nicht!? Unterkante Latte, aber dann war er doch drin, oder?«

Das Stadion tobte. Der Schiedsrichter jedoch ließ das Spiel weiterlaufen. Die deutschen Spieler protestierten heftig. Stettler stand am Spielfeldrand und schrie. »Das war ein astreines Tor!«

Im Fernsehen wurde bereits die zweite Zeitlupe bemüht. Eine Kamera, die direkt hinter dem Tor stand, zeigte, dass der Ball genau auf der Linie war.

Der Reporter überschlug sich geradezu auch weiterhin. »Es fällt schwer, doch wir müssen zugeben, dass der Unparteiische alles richtig gesehen hat. Kompliment auch an den Assistenten am Feldrand. Er hatte sofort angezeigt, dass es kein Tor gewesen war. Unglaublich, dieses Spiel ist der reinste Krimi!«

In den letzten Minuten beruhigte sich das Spiel jedoch. Und eigentlich hatte man sich schon damit abgefunden, dass dieses Eröffnungsspiel 0:0 enden würde. Aber dann! In der neunzigsten Minute gab es nochmals eine Ecke für die Türkei. Deutschlands Spieler versammelten sich vor dem eigenen Tor. Locke fand sich plötzlich auf der Linie neben dem linken Pfosten zur Absicherung wieder. Vollversammlung im und am Sechzehn-Meter-Raum. Patrick schaute nach vorne und sah genau in die Augen von Matz, der sich sechs bis sieben Meter vor ihm in Erwartung der Ecke aufgebaut hatte. Der Ball segelte hinein. Kevin stand wie angewurzelt in der Mitte des Tors. Ein deutscher Verteidiger stieg hoch, um den Ball aus der Gefahrenzone zu köpfen. Er verschätzte sich und sprang am Ball vorbei. Das Leder senkte sich auf den Kopf von Matz. Ein wunderschöner Kopfball war die Folge. Kevin konnte nicht mehr reagieren, aber Locke stand dort. Der Ball sauste auf ihn zu. Locke versuchte, mit der Brust an den Ball zu kommen. Schon in der Bewegung merkte er, dass er es so nicht schaffen würde. Seine linke Hand befand sich wenige Zentimeter neben seiner Brust und mit den Fingerspitzen berührte er das Leder. Dann fiel der Ball auf seinen rechten Fuß und Patrick drosch ihn aus der Gefahrenzone einfach ins Aus.

Es war kaum auszumachen, dass da eine Hand mit im Spiel gewesen war. Matz aber hatte es gesehen. Wütend rief er: »Hand, Hand, Elfmeter!«

Für die Zuschauer im Stadion war alles viel zu schnell gegangen. Sie hatten die Situation kaum mitbekommen und mit bloßem Auge war das Handspiel nur schwer zu erkennen gewesen. Der Schiedsrichter stand etwas ungünstig und konnte somit die Situation schlecht überblicken. Jetzt war er umringt von türkischen Spielern, die alle einen Elfmeter wollten.

Über den Bildschirm lief bereits eine Slowmotion und der Kommentator erklärte stotternd: »Au, au, wenn das der Schiedsrichter gesehen hätte, dann hätte er Elfmeter geben müssen. Die Türken protestieren jetzt aber heftig.«

Im Stadion konnte man beobachten, wie der Schiedsrichter sich die ihn bedrängenden Spieler vom Leib hielt. Einige der Türken zeigten aber mit dem Finger auf Patrick. Locke sah, wie der Mann aus Österreich langsam, aber bestimmt auf ihn zukam. Der Schiedsrichter sprach ihn an.

»Vielleicht ungewöhnlich für Sie, junger Mann, aber im Namen der Sportlichkeit frage ich Sie, haben Sie den Ball mit der Hand gespielt?«

Matz, der nur wenige Meter danebenstand, glaubte nun, seinen Ohren nicht zu trauen, denn Patrick antwortete mit einem traurigen Blick nach unten: »Ja, ich hatte die Hand am Ball!«

Ein Lächeln ging nun über das Gesicht des Unparteiischen. Er reichte Locke die Hand und sprach ihm ein großes Kompliment aus.

»Das hätte wohl nur einer von tausend zugegeben. Danke.«

Er nahm die Pfeife in den Mund, pfiff und zeigte auf den Elfmeterpunkt.

Im Stadion brach die Hölle los. Die Fans der Türkei jubelten ohrenbetäubend, die deutschen Zuschauer zeigten sich zutiefst entsetzt.

Vor dem Fernseher in Gelsenkirchen saßen mehrere Menschen wie hypnotisiert. Der Reporter im Fernsehen sprach von einem ziemlich einmaligen Vorgang in der Fußballgeschichte und versuchte sich als Lippenableser. »Patrick Schubert hat offensichtlich das Handspiel zugegeben. Klar, dass es dann Elfmeter geben muss. Was soll man dazu sagen?«

Auf dem Spielfeld gab es nun eine Szene, die nur in Gelsenkirchen voll verstanden wurden. Matz ging auf Locke zu, reichte ihm ebenfalls die Hand und sprach erstmals seit Monaten ganz normal mit ihm.

Matz sagte: »Das hätten nicht viele zugegeben. Meinen Respekt hast du zu großen Teilen jetzt wieder zurückgewonnen.«

Die beiden nahmen sich in die Arme und erstaunlicherweise reagierten beide Publikumsgruppen aus der Türkei und Deutschland gleich – es gab einen Beifallssturm.

Vor dem Fernseher in Gelsenkirchen kam man aus dem Staunen nicht mehr heraus und Eva hatte Tränen der Freude und der Rührung in den Augen. Sie sprach aus, was wohl alle im Wohnzimmer der Familie Schubert dachten: »Eine Freundschaft muss größer sein als ein 1:0. Hoffentlich verstehen sich die zwei jetzt wieder richtig gut.«

Trainer Stettler hatte alles ganz genau beobachtet.

Eigentlich müsste ich ihm böse sein, dachte er. Jetzt gibt es Elfmeter in der letzten Sekunde für die Türkei. Doch weiter konnte er seine Gedanken nicht denken, denn sein Kollege aus der Türkei kam zu ihm und nahm ihn, den deutschen Trainer, in den Arm. So verhielten sie und warteten nun auf die Ausführung.

Matz höchstpersönlich legte sich den Ball auf den Punkt. Ein kurzer Anlauf, ein kräftiger Flachschuss. 1:0 für die Türkei! Die Trainer lächelten sich an. Der Schiedsrichter pfiff das Spiel ab. Eine Traube von türkischen Spielern lag über Matz. Der jedoch befreite sich und ging abermals zu Patrick und umarmte ihn ein zweites Mal.

Wohl kaum einer der deutschen Fans machte Patrick Schubert einen Vorwurf. Sie feierten ihre Mannschaft trotz dieses 1:0 und der Fernsehreporter sprach voller Anerkennung von einem Sieg für den »*Fair Play*«-Gedanken, wie er ihn selten erlebt habe.

Arm in Arm verließen Matz und Patrick das Stadion.

»Ich glaube, Locke«, sagte Matz und sah den Freund fest an, »so ganz richtig habe ich mich auch nicht verhalten in den letzten Monaten, lass uns nach der Meisterschaft, wenn hier alles vorbei ist, zu Hause in Gelsenkirchen miteinander reden.«

Noch nie war Locke nach einer Niederlage so glücklich vom Platz gegangen.

In der Umkleide herrschte eine gedrückte Stimmung. Stettler lobte ausdrücklich die Leistung seiner Mannschaft.

»Meine Herren, ihr habt guten Fußball gezeigt. Die Türkei hat ebenfalls stark gespielt – und unterm Strich auch verdient mit 1:0 gewonnen. Das heißt für uns, wir müssen die nächsten Spiele für uns entscheiden.« Dann senkte er die Stimme. »Übrigens«, sagte er und sah in die Gesichter der Spieler, »was Patrick da heute gemacht hat – das war ganz stark, auch wenn es uns geschadet hat. Oder ist jemand hier anderer Meinung?«

Niemand meldete sich, obschon dem einen oder anderen anzusehen war, dass er mit sich kämpfte. Ein Sieg wäre so schön gewesen, wie auch immer... Stettler bemerkte es, aber er machte das Beste daraus.

»Für uns«, fuhr er fort, »kann es jetzt nur eines geben: Wir sind ein Team! Was sind wir?«

Lauter als je zuvor brüllte die deutsche U15: »Ein Team!« Und jetzt nickten alle mit Nachdruck dazu.

Locke duschte sich in Rekordtempo. Er wollte unbedingt noch Matz treffen. Aber als er vor den Kabineneingang trat und auf den Busparkplatz schaute, konnte er nur noch feststellen, dass der Bus der türkischen Mannschaft sich schon auf der Fahrt ins Hotel befand.

Plötzlich stand Erik Stösskеn neben ihm und knuffte ihn in die Rippen. »Das hätte sich kaum einer getraut«, sagte er. »Um ehrlich zu sein, ich hätte Angst vor den Reaktionen der anderen in der Mannschaft gehabt.«

Locke nickte und sah Erik voll ins Gesicht: »Um ehrlich zu sein … ich hatte auch etwas Schiss. Ich freue mich aber, dass der Trainer und ihr mir beisteht. Das spornt mich an und in den nächsten Begegnungen werde ich mich noch mehr für unser Team einsetzen.«

Die Medienleute spielten in den nächsten Stunden verrückt. Es gab viele Anfragen für Interviews mit Patrick, aber Trainer Stettler hatte ausdrücklich untersagt, dass Locke vor die Presse trat. Die deutsche Mannschaft sollte in ihrem Berliner Hotel einfach Ruhe finden und sich konzentriert auf das nächste Spiel gegen Italien vorbereiten können.

Noch während der Busfahrt zum Hotel am Müggelsee hatten die deutschen Spieler über Radio hören können, wie schwer sich der Favorit Italien gegen Polen tat. Die polnische Mannschaft verteidigte mit Mann und Maus und hielt bis zur Halbzeit ein 0:0. Stettler bat seine Mannschaft gleich bei der Ankunft – noch während der Halbzeit des übertragenen Spiels – in die Hotelhalle und erklärte sogleich einige Stärken und Schwächen der zukünftigen Gegner. Auch in Hälfte zwei war es ein Spiel auf eines der Tore, nämlich auf das der Polen, aber zur großen Überraschung aller blieb es bis zur neunzigsten Minute beim 0:0. Das brachte Stettler zu der zufriedenen Aussage, dass auch die Italiener keine Übermannschaft wären.

Der Abend im Hotel hielt keine weiteren Überraschungen mehr bereit. Man traf sich zu einem gemeinsamen Essen, dann begaben sich die Jungs umgehend zum Ausschlafen auf ihre Zimmer.

Locke checkte noch kurz seine Mails. Es machte kling, klong und Outlook zeigte zwei neue Eingänge an.

Eva@gelsennet.de an Locke@hotelseeblick.de
Lieber Locke,
wir haben alle vor dem Fernseher mit Euch gelitten.
Auch wenn Ihr verloren habt, es war das schönste
Spiel, das ich je gesehen habe. Ist mit Matz jetzt alles
wieder klar?
Ich würde es mir soooooooo wünschen.
Ich denke an Dich!
Deine Eva
PS: Jetzt gewinnt Ihr gegen Italien – wetten?

Locke drückte auf »Antworten«.

Locke@hotelseeblick.de an Eva@gelsennet.de
Du verrückte, liebe Eva!
Ich wette doch nicht mit Dir – Du gewinnst doch
sowieso immer. Aber es wäre ein Traum, gegen
Italien als Sieger vom Platz zu gehen. Und was Matz
betrifft ... Nach der Europameisterschaft werden
wir uns aussprechen, er hat es selbst vorgeschlagen.
Ich bin echt erleichtert, dass wir wieder miteinander
reden – wofür doch so ein Handspiel gut sein kann!
Jetzt gehe ich schlafen, denn ich brauche Kraft
für das Spiel gegen Italien. Und das ist schon
übermorgen.
Ich drücke Dich ganz fest!
Dein Locke

Auch seine Eltern hatten noch ein paar nette Zeilen geschrieben und auch für sie mailte Patrick eine liebe Antwort.

»Ich beneide dich um deine Familie«, sagte Erik, der ja in einem Heim groß geworden war und noch immer dort lebte. Er klang traurig, und Locke nickte ihm freundschaftlich zu und nahm sich vor, Erik immer als einen besonders guten Kumpel zu behandeln.

Der Tag nach dem Spiel war der Tag vor dem Spiel. In den Zeitungen wurde noch heftig über Lockes Verhalten diskutiert. Manch ein Journalist vertrat die Meinung, dass Patrick Schubert nicht professionell gehandelt habe, als er das Handspiel zugab. Andere dagegen lobten seine faire Haltung fast in den Himmel.

Die Mannschaft trainierte an diesem Montag eher locker. Es wurden lediglich einige Standardsituationen, wie Freistöße und Ecken, besonders intensiv geübt.

Stettler sprach davon, dass die Innenverteidiger hierbei mehr aufrücken müssten. »Es wird nicht so viele Chancen gegen die Italiener geben, und wenn wir in die Zwischenrunde wollen, dann müssen wir nach der Niederlage gegen die Türkei natürlich gewinnen.«

An diesen Montag wurden auch die Spiele der Gruppen B und C durchgeführt.

Gruppe B:	
England – Albanien	3:1
Portugal – Spanien	1:1

Die C-Gruppe vermeldete:	
Belgien – Schottland	0:1
Russland – Holland	1:0

12

Am zweiten Spieltag der deutschen Gruppe war das Olympiastadion wieder sehr gut gefüllt. Obwohl es ein Werktag war, wurden weit über fünfzigtausend Zuschauer gezählt.

Die anstehenden Spiele Deutschland gegen Italien und Türkei gegen Polen waren als Doppelveranstaltung angesetzt worden. Zunächst waren die deutschen Jungs gegen die Italiener dran, danach würde das zweite Spiel der Gruppe stattfinden.

Das Wetter in Berlin war scheußlich geworden. Es regnete und war kühl, wie Anfang April. Aber als die Italiener in den wunderschönen azurblauen Trikots einliefen, war es ein bisschen, als ginge die Sonne auf: eine Augenweide für jeden Fußballfan. Die Spieler wirkten allerdings etwas nervös nach ihrem 0:0 gegen Polen. Sie mussten heute zeigen, dass sie tatsächlich Favoriten waren.

Die deutsche Mannschaft betrat nun in den traditionellen schwarz-weißen Jerseys den Rasen. Es war genau die gleiche Elf wie gegen die Türkei und auch die taktische Grundausrichtung war nicht verändert worden.

Familie Schubert in Gelsenkirchen hatte diesmal nur mit Eva vor dem Fernsehgerät Platz genommen. Pfarrer Kelter bereitete sich auf eine kirchliche Konferenz vor und hörte dabei im Radio die Informationen über das zweite Spiel der deutschen Mannschaft.

Selbst Evas Vater, Armin Dahl, ließ in seiner Zahnarztpraxis ein Radio laufen. »Vielleicht hat ja solch eine Fußballreportage eine schmerzstillende Wirkung«, scherzte er mit einem Patienten. Doch sein »Opfer« schaute ihn bei diesen Worten etwas irritiert an.

Der Anpfiff. Es ging los. Aus Berlin meldete sich der bekannte Hörfunkreporter Manni Treuckelmann mit seiner unglaublich markanten Stimme.

»Herrje, Fußballfreunde«, vermeldete er und startete einen Redeschwall, »das wird heute ein ganz dickes Ding. Unsere Jugendnationalmannschaft muss gewinnen, um noch eine Chance auf die nächste Runde zu haben. Aber ob das ausgerechnet gegen die Italiener möglich ist, möchte ich doch bezweifeln ... Auch wenn die Jungs aus dem sonnigen Süden noch nicht recht gezeigt haben, wozu sie fähig sind – die Azuri haben mit Toni Insunita einen Vierzehnjährigen in ihren Reihen, der in der nächsten Saison einen Profivertrag bei Inter Mailand unterschreiben soll. Wer von unseren Jungs kann den schon stoppen?«

Treuckelmann holte kurz Luft, dann legte er wieder los.

»Zwei Minuten sind jetzt gespielt. Es regnet ohne Unterlass im Olympiastadion. Viele tausend Tifosi, wie die italienischen Fans auch gern genannt werden, feuern ihre Mannschaft an. Hören Sie einmal über unsere Außenmikrofone in die Stimmung hinein.«

Der Reporter schwieg zwei Sekunden und man hörte die Rufe »Italia! Italia! Italia!« durch das Stadion schallen. Aber mitten in diese Anfeuerung schaltete sich Treuckelmann wieder ein.

»Aufgepasst. Andreas Martin marschiert über die linke Seite in die Hälfte der Italiener. Er müsste abspielen. Das macht er jetzt auch. Auf Patrick Schubert, genannt Locke. Noch etwa vierzig Meter bis zum Tor. Der Schalker hängt etwas hinter den Spitzen. Heiko Erde bietet sich an, der Borusse. Erstaunlich, dass sich ein Schalker und ein Dortmunder so gut verstehen können ... Ola, ola, das ist ja ein toller Spielzug. Erde lässt jetzt einen Italiener einfach stehen, super Antritt von dem Deutschen. Am Elfmeterpunkt steht Stössken. Der müsste jetzt eigentlich angespielt werden. Aber Stössken sieht auf den Ball, er steht mit dem Rücken zum Tor. Dennoch geht das Leder nun dahin, und der Junge von Tasmania 1900, hier aus Berlin, lässt das Leder von der Brust abprallen. Schubert ist aufgerückt. Steht genau an der Linie zum Sechzehn-Meter-Raum. Er nimmt das Ding direkt. Und?!?! Tooooorr! Tooooorr! 1:0 für Deutschland in der dritten Minute. Wer hätte das gedacht?«

Evas Vater in seiner Praxis jedenfalls nicht. Seine Spritze, die er gerade einem Patienten gegen die Schmerzen verpasste, rutschte etwas ab und der geplagte Mann ließ ein deutliches »Aua« erklingen.

Im Olympiastadion lag sich die deutsche Mannschaft in den Armen. Stettler stand am Spielfeldrand und brüllte wie am Spieß, was sonst absolut nicht seine Art war. »Genau so, genau so!«

Italien übernahm nun zwar »rein optisch« das Spielgeschehen, doch Deutschland stand kompakt im Deckungsverbund und ließ kaum Chancen der Italiener zu. Lediglich Toni Insunita, das Ausnahmetalent, prüfte Kevin Rott mit einem gefährlichen Fernschuss. Das war in der vierundzwanzigsten Minute. Doch im Stile eines klasse Mannes fing Kevin den Ball und brachte dabei das Kunststück fertig, ihn sogar festzuhalten.

Die Halbzeitansprache von Stettler war kurz und dennoch eindrucksvoll. »Männer, hier sind drei Punkte drin und wir wären wieder voll im Geschäft. Jetzt gilt es nur noch, die Konzentration hoch zu halten und einen Konter eiskalt abzuschließen. Meine Herren, was sind wir?« Und wie von einem Indianerstamm kam es zurück: »Ein Team!«

Zweite Halbzeit. Die Stimmung im Olympiastadion von

Berlin blieb ausgezeichnet, denn die deutschen Jungs spielten einfach grandios! Allerdings ließ auch die Form der Italiener kaum etwas zu wünschen übrig. Es blieb spannend bis zur neunzigsten Minute. Nach dem Punktverlust gegen Polen kämpfte die Mannschaft wie eine Truppe Pizzabäcker vor dem heißen Ofen. Die deutsche Viererkette im Abwehrverbund aber ließ kaum etwas anbrennen.

Toni Insunita wurde immer giftiger auf dem Platz. In einigen Situationen übertrieb er den körperlichen Einsatz und deshalb sah er vom dänischen Schiedsrichter, völlig zu Recht, die gelbe Karte! Die Spannung knisterte.

Obwohl Lockes Vater fußballerprobt war bis in jede Faser, machte er daheim etwas total Ungewöhnliches. In der siebzigsten Spielminute sprang er plötzlich auf, holte sich die Leine von Poldi, schnallte den Hund an und verließ das Wohnzimmer.

»Das ist ein Herzinfarktspiel«, stöhnte er im Gehen. »Ich halte das nicht aus. In einer halben Stunde bin ich wieder da. Dann möchte ich mit euch auf den deutschen Sieg anstoßen.«

Doch auch Evas Vater, bekanntermaßen nicht der totale Fußballfan, rief eine außerplanmäßige Pause aus. Die Patienten hielten sich die Backe, mussten aber warten, bis der Zahnarzt seinen Dienst wieder aufnahm. Durch die nur angelehnte Tür zum Behandlungsraum vernahmen sie den Radioreporter Treuckelmann.

»Nur noch neunzehn Minuten, liebe Fußballfreunde«, rief er ins Mikro. »Halten Sie mich für verrückt oder etwas übergeschnappt, aber jetzt heißt es: Daumen drücken, denn die Italiener kommen schon wieder. Diesmal über den linken Flügel, eine gefährliche Flanke, früher hätte man Bananenflanke dazu gesagt, aber dieser Begriff ist aus der Mode gekommen.«

Es war zu hören, wie er über den eigenen Witz zu kichern begann, aber dann brach das Kichern ab.

»Rott ist draußen. Er hat den Ball, bringt ihn wieder schnell ins Spiel. Guter Abwurf. Über das Mittelfeld kommt der Ball zu Patrick Schubert. Der lässt die Pille nur kurz von seinem rechten Fuß abprallen. Zu Erde! Heiko Erde könnte schießen, nein, er *müsste* schießen, macht es aber nicht. Gibt den Ball nochmals ab, zu Erik Stössken. Und Stöööööösskennn schießt! Der italienische Torhüter ist mit den Fingerspitzen noch am Ball. Pfosten! Abgeprallt.« Und jetzt konnte man den Reporter kaum verstehen, so überschlug sich seine Stimme. »Stöööööösskennn! Er hat den Ball wieder, er ist wieder dran. Und – Tor! Tor! Toooooor! Die Pille liegt im Netz! 2:0 für Deutschland!«

Aus dem Behandlungsraum des Zahnarztes hörte man das Klirren von Glas. Ein mit Cola gefüllter Zahnputzbecher war zu Bruch gegangen. Evas Vater konnte einen Jubelschrei nicht unterdrücken. Dann hielt er sich erschrocken den Mund.

Drei Kilometer Luftlinie von der Praxis entfernt, stand vor dem Schaufenster eines Geschäftes ein Mann mit einem Hund und klopfte wie ein Wilder an die Scheibe. Lockes Vater!! Er war auf seinem Spaziergang nicht sehr weit gekommen. Ein riesiger Flachbildschirm zeigte das Spiel – und Mann und Hund waren davor kleben geblieben. Ein Verkäufer, der sich Sorgen um die Scheibe machte, trat vor das Geschäft, wo er völlig verblüfft Herrn Schuberts Umarmung in Kauf nehmen musste. Der stammelte: »Mein Sohn ist dabei! 2:0 für Deutschland!«, was den Angestellten bewog, sich schleunigst in das Geschäft zurückzuziehen …

Das Stadion in Berlin tobte. Die deutsche Mannschaft lag sich jubelnd in den Armen. Stettler schrie gegen den Lärm an: »Jetzt nur nicht die Ordnung verlieren! Alles zurück in die Abwehr.«

Als wenig später Locke ausgewechselt wurde – er war völlig kaputt –, sprang das Publikum auf, klatschte und schrie. Patrick winkte einmal kurz in die Massen, dann setzte er sich, in eine Decke gehüllt, auf die Bank.

Die Italiener wirkten völlig demoralisiert. Es passierte nichts mehr. Die Begegnung war entschieden. Als der Abpfiff kam, gratulierten die Spieler aus dem Süden fair der deutschen Mannschaft und man tauschte die Trikots als Andenken.

Patrick, nun im azurblauen Trikot, machte sich durch den Tunnel schnell auf den Weg zurück in die Umkleidekabinen. Im Gang standen bereits die türkischen Spieler und die Polen, bereit für das nächste Gruppenmatch!

Matz lief lachend, als sei nie etwas zwischen ihnen vorgefallen, auf Locke zu. Die beiden umarmten sich.

»Klasse, dein 1:0! Gratuliere. Starkes Spiel von euch! Vielleicht sehen wir uns ja im Endspiel wieder.«

Locke nickte. »Stimmt! An diese Möglichkeit habe ich noch gar nicht gedacht.« Er schlug dem Freund auf die Schulter. »Aber jetzt gewinnt ihr erst mal gegen die Polen.«

Die Jungs aus der Türkei setzten den guten Rat von Locke souverän um. Polen hatte gegen die Mannschaft von Matz keine echte Chance und verlor mit 0:3.

Die Tabelle sah jetzt so aus:

1. Türkei	2 Spiele	3:0 Tore	6 Punkte
2. Deutschland	2 Spiele	2:1 Tore	3 Punkte
3. Italien	2 Spiele	0:2 Tore	1 Punkt
4. Polen	2 Spiele	0:3 Tore	1 Punkt

Damit war die Situation sonnenklar. Wenn Deutschland das letzte Gruppenspiel gegen Polen gewinnen sollte, war man in der Zwischenrunde. Und die Türkei hatte dieses Ziel bereits erreicht!

Spielfreier Tag im deutschen Lager. Ausruhen, sich um seine Blessuren kümmern. Tischtennis, eine Partie Schach. Der Masseur, schon seit Urzeiten beim DFB angestellt, war ein irrer Typ, der über die Nationalspieler vergangener Zeiten verrückte Geschichten erzählen konnte. Zum Beispiel die von dem Trainer, der seinen Platzwart, ein ewig nörgelnder unangenehmer Typ, an den Pfosten gebunden hatte. Die Spieler sollten nun das genaue Schießen üben und dabei nach Möglichkeit den armen, angebundenen Mann treffen.

Locke, der auf der Massagebank lag, war entsetzt. »Das ist aber sehr unmenschlich gewesen.«

Der Masseur lachte. »Es war aber sehr effektiv, in jeder Hinsicht...«

Völlig entspannt verließ Patrick Schubert den Raum, um am Seeufer vor dem Hotel ein Stück spazieren zu gehen.

Am späten Nachmittag schauten sich die Spieler gemeinsam die Berichterstattung von den anderen Spielen an. Dabei kristallisierte sich heraus, dass die Engländer in der Gruppe B sehr stark waren. Sie gewannen ihr Spiel gegen Spanien mit 1:0 und standen damit sicher in der Zwischenrunde. Portugal dagegen tat sich schwer beim 2:1-Erfolg über Albanien. In der Gruppe C gab es diese Resultate:

Holland gegen Belgien 2:0
Schottland gegen Russland 2:1.
Schottland war damit ebenfalls in der Zwischenrunde.

Das Wetter hatte sich schlagartig gebessert. Ein stabiles Hoch, das den, wie Locke fand, saudoofen Namen Manfred bekommen hatte, ließ die Temperaturen auf über zwanzig Grad hochschnellen. Herrlicher Sonnenschein lag über dem Olympiastadion, als die Polen ganz in Rot und die deutsche Mannschaft, natürlich wieder in Schwarz und Weiß, auf dem Rasen einliefen. Manch einer sprach vom Kaiserwetter, was auch irgendwie stimmte, denn Deutschlands Fußballkaiser Franz Beckenbauer hatte sich als Zuschauer zu diesem Spiel angesagt. Die Ikone des deutschen Fußballs beim U15-Wettbewerb!

Kevin Rott, der ja als Torwart bei den Bayern in München spielte, hatte den berühmten Mann schon einmal getroffen. Vor ein paar Tagen hatten Locke und Kevin darüber gesprochen. Auf die Frage von Patrick, wie der Promi denn so »im Umgang« sei, antwortete ihm der Schlussmann: »Och, ganz nett. Manchmal ist er auch streng, aber meist eigentlich ganz lustig. Ansonsten ist Vorsicht geboten, der ist immer auf der Suche nach neuen Spielern für unseren Verein.«

»Da halte ich es mit den Toten Hosen«, entgegnete Patrick grinsend, »die haben völlig zu Recht gesungen: Ich würde nie zum FC Bayern gehen.«

»Wir, ich meine, der FC Bayern zahlt aber das meiste Geld für Talente«, erwiderte Kevin und setzte nun seinerseits ein überlegenes Grinsen auf.

Aber Locke ließ sich nicht beeindrucken. »Schalke zahlt auch nicht schlecht... Aber ehrlich, Geld darf nicht das Wichtigste im Fußball werden. Gefühle sind doch wichtiger – und Gelsenkirchen ist meine Heimat.«

An dieses Gespräch musste Locke denken, als das Spiel angepfiffen wurde. Er beschloss, sich von der Anwesenheit des »Kaisers« nicht beeindrucken zu lassen.

Die deutsche Elf begann gegen Polen überragend. Schon in der dritten Minute konnte Erik Stössken nach einer Ecke und einem schlimmen polnischen Abwehrfehler per Kopf das 1:0 erzielen. Das Tor verschaffte der Mannschaft Sicherheit und Trainer Stettler konnte sich auf seiner Bank diesmal zurücklehnen und die Begegnung geradezu genießen. Locker erhöhte Deutschland in der zweiten Hälfte auf 2:0 und 3:0 und das war auch das Schlussresultat. Patrick hatte ein solides Spiel gemacht, ohne dass man hätte sagen können, dass er besonders aufgefallen wäre. Die Mannschaftsleistung stand im Vordergrund und die war einfach großartig.

Zeitgleich, um Manipulationen auszuschließen, wurde auch das Spiel Italien gegen die Türkei angepfiffen. Die als Favoriten in dieses Turnier gestarteten Italiener blamierten sich bis auf die Knochen. Die Türkei gewann ungefährdet mit 2:0. Die Schlusstabelle in der Gruppe A hatte damit folgendes Bild:

1. Türkei	3 Spiele	5:0 Tore	9 Punkte
2. Deutschland	3 Spiele	5:1 Tore	6 Punkte
3. Italien	3 Spiele	0:4 Tore	1 Punkt
4. Polen	3 Spiele	0:5 Tore	1 Punkt

13

Meine Herren, wer hätte das gedacht? Nach dem Katastrophenspiel gegen Argentinien und der Auftaktniederlage hier bei der EM stehen wir jetzt in der Zwischenrunde. Darauf hebe ich mein Glas!«

Nach einem ausgiebigen Essen hatte Stettler zur Feier des Tages für alle einen Cocktail aus Kokosmilch mit tropischen Früchten servieren lassen. Die Spieler nahmen ihr Glas in die Hand, und Stettler sprach weiter: »Ich möchte euch danken, besonders aber den Ersatzspielern, die bislang nicht zum Einsatz gekommen sind. Jungs, ihr gehört zu hundert Prozent zum Team, damit das klar ist.«

Alles nickte zu seinen Worten und Stettler räusperte sich. »Jetzt warten wir mal ab«, sagte er mit erhobener Stimme, »gegen wen wir in der Zwischenrunde spielen müssen. Lasst uns also diesen tollen Cocktail genießen. Und vor dem Anstoßen möchte ich euch fragen: »Was sind wir?«

Wie mit einer Stimme erscholl: »Ein Team!« Danach hörte man, wie die Gläser aneinandergestoßen wurden.

Locke beugte sich zu Kevin, der rechts neben ihm saß: »Ein unbeschreiblich schönes Gefühl, soweit gekommen zu sein«, meinte er. »Findest du nicht?«

»Mann, Patrick!«, entgegnete Kevin und sein Tonfall war wie immer irgendwie ein Stück weit Bayern München. »Das ist nur ein Zwischenziel, wir wollen den EM-Pokal.«

Patrick bestätigte: »Schon, aber sagen wir es mit eurem großen Häuptling Beckenbauer: Schauen wir mal!«

Darauf antwortete Kevin nicht, offensichtlich war ihm so etwas wie eine gewisse Bescheidenheit fremd.

An diesem Abend spielte die Gruppe D, und natürlich sah man sich die Spiele gemeinsam auf der Großleinwand an. Die Schweiz gewann gegen Schweden mit 2:1 und Rumänien schlug Österreich 2:0. Die kleine Schweiz hatte sich damit an die Spitze dieser Gruppe gesetzt und war für die Zwischenrunde ebenfalls qualifiziert.

Etwas sorgenvoll schaute Stettler dennoch drein, denn vor dem Zubettgehen erklärte er seinen Leuten, dass der nächste Gegner wohl England werden würde. Damit wussten alle, dass möglicherweise eine der besten Jugendmannschaften der Welt auf sie wartete.

Und so kam es! Locke sah am nächsten Tag ein Match, in dem England mit großer Härte, aber auch technischem Können die Portugiesen in Grund und Boden spielte. 2:0 lautete das Resultat und ein kleiner, kompakter Typ, den alle nur Kenny nannten, war der beste Spieler auf dem Platz. Auch wenn solche Vergleiche immer etwas blöd waren, der Reporter im Fernsehen sprach von einem neuen Wayne Rooney. Neben England hatte sich dennoch Portugal für die Zwischenrunde qualifiziert, da Spanien im Spiel gegen Albanien nur ein 1:1 schaffte – und damit konnte sich Berlin auf das Match Türkei gegen Portugal freuen. Die deutschen Spieler allerdings mussten zum Schlager-Spiel gegen England nach Köln reisen.

Kurzfristig hatte der DFB deshalb beschlossen, das Quartier der Mannschaft zu wechseln, da wahrscheinlich auch die beiden nächsten Treffen eher in Westdeutschland stattfinden würden. Man packte also die Koffer und mit einer Sondermaschine der Lufthansa ging es nach Köln. Die Sportschule in Hennef, in der Nähe der Domstadt, wurde kurzerhand für den Nachwuchs des deutschen Fußballs geblockt.

Die letzten Gruppenspiele erbrachten dann nochmals

Überraschungen. Holland schied in der Gruppe C nach einem 1:1 gegen Schottland aus. Russland besiegte Belgien mit 2:1. Schottland war also Erster in dieser Gruppe geworden und die Mannschaft aus Russland war ebenfalls eine Runde weiter.

Ganz stark präsentierte sich in der Gruppe D die Schweiz; ein 3:0 gegen Österreich ergab neun Punkte in der Gruppenphase. Schweden gewann gegen Rumänien mit 2:1 und war als Gruppenzweiter damit ebenfalls in der Zwischenrunde. Die anstehenden K.O.-Spiele sahen also wie folgt aus:

In Berlin	Türkei gegen Portugal
In Köln	Deutschland gegen England
In München	Schottland gegen Schweden
In Nürnberg	Schweiz gegen Russland

Locke stöhnte ein bisschen. So eine Europameisterschaft war der reinste Stress! Es war kaum Zeit, sich um Eva oder seine Eltern zu kümmern. Er bekam eine Ahnung von dem, was es hieß, ein Fußballprofi zu sein ... Aber er telefonierte wenigstens mit den dreien. Und da der DFB für dieses wichtige Match gegen England seinen Spielern jeweils drei Eintrittskarten zur Verfügung gestellt hatte, konnte Locke sie in das Stadion nach Köln einladen.

Er sprach mit Eva darüber: »Bitte nicht böse sein, wenn ich an diesem Tag nicht groß Zeit für euch haben werde, aber im Stadion dabei zu sein, ist doch für euch immer noch schöner, als am Fernseher zu leiden – oder?«

Eva war nicht ganz so begeistert. »Fernsehen oder Tribüne – anfassen kann ich dich so und so nicht«, antwortete sie und seufzte etwas.

Locke lächelte vor sich hin. »Das holen wir alles nach, dann kannst du einen echten Europameister anfassen.«

Eva musste nun kichern. »Fühlst du dich dann etwa anders an?«, fragte sie, aber Locke war schon wieder in Eile und konnte auf diese Anspielung leider nicht eingehen – denn: Das Abschlusstraining vor dem Spiel gegen die Engländer stand an und dort sollte es für Patrick Schubert eine echte Überraschung geben.

Stettler rief zu Beginn der Trainingseinheit seinen Spieler zu sich. »Pass auf, Patrick, ich habe etwas Besonderes mit dir vor«, begann er. »Du hast gesehen, dass die Engländer mit diesem Kenny einen Spieler besitzen, der alles kann. Tore schießen, aber auch das Spiel machen. Es klingt jetzt etwas altmodisch, aber ich möchte diesen Jungen in eine Art Manndeckung nehmen. Und das sollst du machen.«

Patrick war etwas schockiert. »Ich, als Manndecker?«, fragte er. »Sonst bin ich doch für das offensive Spiel bei uns zuständig.«

»Da hast du recht«, erklärte Stettler. »Du sollst eigentlich zwei Rollen spielen: Erstens diesem Kenny folgen, wohin er auch geht. Zur Not auch auf die Toilette!« Normalerweise erlaubte sich der Trainer bei taktischen Besprechungen keine Witze. Er grinste kurz, dann wurde er wieder ernst.

»Du sollst aber zugleich, wenn wir im Ballbesitz sind, die Initiative übernehmen, sodass wir Kenny dazu zwingen, auch nach hinten zu gehen. Da kann er uns nicht so schaden. Kapiert?«

Patrick schaute seinen Trainer offen an. »Ich werde es versuchen«, antwortete er und nickte.

Köln spielte vor dem Match total verrückt. Die über fünfzigtausend Zuschauer sangen sich bereits eine Stunde vor Beginn in Stimmung. Karnevalslieder um diese Jahreszeit!

Eva und Lockes Eltern, ebenfalls schon früh im Stadion,

verstanden als geborene Westfalen die Welt nicht mehr. Patricks Vater sagte zu seiner Frau: »Wenn die könnten, würden sie alle zusammen eine Polonäse machen. Damit kämen sie in das Buch der total verrückten Weltrekorde.«

Doch nicht nur die Kölner machten ziemlichen Krach. Auch etwa zweitausend englische Fans waren im Stadion und zur Ermunterung für ihre Elf sangen sie immer wieder die Hymne ihres Landes.

Dann kam der Anpfiff.

Deutschland begann wieder einmal mit unveränderter Aufstellung. Zu Recht, denn die Mannschaft hatte sich schließlich in den letzten drei Treffen prima eingespielt. Locke konzentrierte sich schon beim Einlaufen auf Kenny, den englischen Jungen mit der Rückennummer 14. Der Typ sah eigentlich nicht besonders furchterregend aus. Nicht viel über eins sechzig groß, kompakt, aber nicht besonders muskulös.

Patrick erwartete eine ungewohnte Aufgabe. Von Beginn an blieb er eng bei Kenny und konnte so die besondere Qualität dieses Spielers spüren. Vor allem: Der Junge war unglaublich schnell im Antritt. Das bedeutete, dass Patrick große Probleme damit hatte, dem gerecht zu werden, was der Trainer von ihm erwartete. Der Engländer war schnell zwei, drei Schritte von ihm weg.

Stettler, der das beobachtete, rief ihm zu: »Patrick, du musst noch näher ran an den Mann. Gleich bei der Ballannahme stören!«

Aber das war einfacher gesagt, als umgesetzt... So viel wie in diesem Spiel hatte Locke noch nie laufen müssen.

Vater Schubert monierte die Rolle seines Sohnes in diesem Match. »Was hat sich der Stettler denn dabei gedacht?«, fragte er mit lauter Stimme. »Ob die Kondition bei unserem Patrick dafür reichen wird?«

Familie Schubert und Lockes Freundin Eva saßen diesmal im Ehrengastbereich der Tribüne. Und Herr Schubert staunte nicht schlecht, als eine ihm sehr bekannte Stimme mit bayerischem Einschlag ihn von hinten beruhigte: »Ihr Sohn kann das. Gestatten, mein Name ist Beckenbauer.«

Drei Köpfe flogen förmlich herum und Lockes Vater stammelte wie ein kleiner Junge: »Und … und … und mein Name ist Schubert.« Worauf der große Alleswisser des Fußballs nett lächelte und erwiderte: »Ist mir doch bekannt.«

Damit brach das kurze Gespräch jedoch ab, denn in diesem Augenblick hatte die englische Mannschaft eine Superchance.

Brian Mitchell, der rechte Innenverteidiger, der noch größer war als Jörg Ahlers, der deutsche »Funkturm«, köpfte, nach einer Ecke frei stehend, aus sieben Metern Entfernung – genau in die Arme von Kevin Rott. Gefahr beseitigt! Kevin hatte den Ball ganz schnell wieder abgeworfen, so wie er es sich von Jens Lehmann bei der WM abgeschaut hatte. Das Spiel schnell zu machen, war erste Fußballerpflicht! Plötzlich aber waren die Rollen von Kenny und Locke vertauscht. Patrick überbrückte in einem tollen Tempolauf das Mittelfeld. Kenny versuchte dranzubleiben. Er bemühte sich, in den deutschen Spieler hineinzugrätschen. Doch Patrick hatte das geahnt. Er war hochgesprungen und so ganz einfach über die Beine von Kenny hinweggekommen. Kenny lag am Boden und damit hatte Locke freie Bahn.

Im Stadion wurde es unheimlich laut. Locke aber registrierte das kaum. Nur unterschwellig nahm er den Lärm wahr. Rechts war Heiko mitgelaufen und links Björn. Ein englischer Abwehrspieler kam direkt auf ihn zu. Jetzt trennte sich Locke vom Ball, damit entstand Platz für Heiko. Der konnte das Leder wunderschön mitnehmen. Er lief in den

Strafraum. Locke dachte nur: »Schieß! Schieß!« Heiko Erde aber umkurvte auch noch sehr elegant den Schlussmann der Engländer. Der war wie ein Düsenflieger aus seinem Kasten geeilt und hatte doch keine Chance. Denn Heiko schoss in diesem Augenblick zum 1:0 für Deutschland ab. Der Jubel im Stadion wurde zum Orkan. Auf der Tribüne herzte Herr Schubert seine Frau und Eva reckte beide Fäuste in den Kölner Himmel.

Das war auch der Halbzeitstand. Locke hatte sich bis dahin fast die Lunge aus dem Hals gerannt. Völlig kaputt saß er in der Umkleide auf der Bank. Stettler stellte die Frage aller Fragen: »Wie lange kannst du noch?«

Patrick setzte die Trinkflasche vom Mund ab.

»Keine Ahnung«, antwortete er schwer atmend. »Kommt auch etwas auf diesen Kenny an, irgendwann muss der doch mal platt sein.«

Der Trainer klopfte seinem Stürmer ermunternd und anerkennend auf die Schulter. Dann wandte er sich an die Mannschaft. »Hier muss wirklich jeder für jeden laufen. Die Engländer werden jetzt versuchen, uns in den nächsten zehn Minuten stark unter Druck zu setzen. Wenn wir diese Phase ohne Gegentor überstehen, gewinnen wir das Spiel. Ist euch das klar? Was sind wir?«

Abermals kam voller Überzeugung zurück: »Ein Team!«

Das Team war wirklich ein Team. Es kam so, wie Stettler es prophezeit hatte. England griff an. Kevin Rott musste zwei Bälle halten, die viele Zuschauer eigentlich schon im Tor gesehen hatten.

Der Reporter von der BBC brüllte in sein Mikrofon: »Incredible!«, was nichts anderes als »Unglaublich!« hieß. Und es war auch unglaublich, was dieser Kenny leistete. An jedem Angriff der Engländer war er beteiligt und für Patrick hieß es: stören und nicht zur Entfaltung kommen lassen!

Die heißen zehn Minuten nach dem Wechsel waren überstanden – da hatte Patrick seinen ersten Wadenkrampf. Nach einem Laufduell mit Kenny spürte er die Verhärtung in der rechten Wade. Zum Glück ging der Ball ins Seitenaus. Der stechende Schmerz ließ Locke zu Boden gehen. Kenny erkannte als Erster, dass sein Gegenspieler gehandicapt war. Und nun geschah etwas, dass das Stadion in Staunen versetzte. Ohne auch nur eine Sekunde zu überlegen, gab Kenny Hilfestellung. Patrick stemmte das Bein gegen die hingehaltenen Hände von Kenny, und der Krampf verschwand so schnell, wie er gekommen war.

Das Publikum klatschte begeistert Beifall. Papa Schubert beruhigte sich und seine Frauen auf der Tribüne: »Keine Sorge, das war nur ein Krampf, Locke kann weiterspielen. Aber vor allem war es echtes englisches Fair Play.«

Das Wahnsinnstempo in dieser Begegnung ließ jetzt etwas nach. Die deutsche Mannschaft spielte sich frei. Erik Stössken war urplötzlich nach einem Freistoß aus dem Mittelfeld zum Kopfball gekommen. Der Ball klatschte an den Pfosten. Diesmal Glück für England!

Kenny und Locke neutralisierten sich nun völlig. Keiner von beiden konnte sich echte Vorteile erarbeiten. Platz war aber für andere Spieler vorhanden. Andreas Martin erkämpfte sich fünfzehn Minuten vor Schluss den Ball. Stettler rief von draußen noch: »Zieh doch einfach ab, Andreas!«, als dieser schon einen unglaublichen Knaller losschickte. Mit Tempo hundertzehn flog der Ball auf den rechten oberen Winkel der Engländer zu. Der Torhüter flog und flog und flog. Aber es war vergebens! Genau in der Ecke zwischen Pfosten und Latte schlug das Leder ein.

Fünfzigtausend Zuschauer waren begeistert. Den Torschrei konnte man noch mehrere Kilometer entfernt hören. Das Spiel war entschieden. Deutschland stand im Halbfinale der Europameisterschaft!

Szenen der Freude spielten sich in der Umkleide ab. Lediglich Locke hing völlig ausgepumpt auf der Bank. Stettler ging aber sofort zu ihm, klopfte ihm auf die Schulter und sprach ein großes Kompliment aus.

»Das war eines deiner besten Spiele. Deine Zuarbeit zum Tor in der ersten Hälfte war super. Es kommt eben nicht immer nur darauf an, dass man als Torschütze in Erscheinung tritt. Was du heute für die Mannschaft geleistet hast, das war unglaublich!«

Patrick lächelte stolz in seinem eingetauschten englischen Trikot mit der Nummer 14 auf dem Rücken. In großen Buchstaben stand darüber K E N N Y. Locke drehte sich halb zu Stettler um, damit der den Schriftzug sehen konnte, und anerkennend meinte er: »Mein bester Gegenspieler bisher.«

Herzlich willkommen im Halbfinale der Europameisterschaft!

Mit großen Spruchbändern begrüßte das Küchenpersonal der Sportschule von Hennef die deutsche Mannschaft. Den Jungs gefiel das natürlich, aber Stettler legte großen Wert darauf, dass jetzt niemand überheblich wurde. Er bedankte sich artig bei den Mitarbeitern und bat sie: »Nun aber weg mit den Plakaten. Noch haben wir nicht wirklich etwas gewonnen.«

Dann wandte er sich an die Mannschaft: »Und wir, meine Herren, wir treffen uns um neunzehn Uhr zum Abendessen und anschließendem Fernsehen. Ihr wisst, das Spiel Türkei gegen Portugal steht auf dem Programm.« Die Jungs nickten gehorsam und zogen zunächst einmal ab auf ihre Zimmer.

Der Konferenzraum von Hennef war nicht so edel wie die Berliner Hotelhalle, aber auch hier hatte man einen Beamer und eine Großleinwand aufgestellt. An den Wänden hingen gerahmte Bilder von ehemaligen Spielern des 1. FC Köln. Lauter große Namen wie Overath, Littbarski, Thielen, Schäfer oder Toni Schumacher.

Um acht Uhr begann die Übertragung. Locke und Kevin saßen zusammen in einer Ecke.

Es war klar von Anfang an: Die Türkei machte auch an diesem Abend einen sehr guten Eindruck. Nach einer knappen halben Stunde erzielte Matz das 1:0 für die Türkei, und Patrick schrie so laut »Tooooor!«, dass ihn alle etwas erstaunt anschauten.

»Sorry«, entschuldigte sich Locke, »aber mit dem Kerl

da, der das Tor geschossen hat, bin ich nun mal groß geworden. Da darf man sich schon freuen… Und leiser, an Kevin gewandt, meinte er: »Außerdem wäre es doch toll, wenn wir im Endspiel unsere Auftaktniederlage wiedergutmachen könnten.«

Kevin tat etwas erstaunt. »Ah, ja, stimmt. Die könnten ja unser Endspielgegner werden. Aber nicht, dass du dann gegen deinen Freund nur die halbe Leistung bringst.«

Typisch Kevin, der Münchner. Wie immer hatte er einen besonderen Spruch drauf. Für Locke war klar, die wieder eingerenkte Freundschaft zu Matz war absolut kein Hinderungsgrund für volle Leistung, und er ärgerte sich ein bisschen über diesen Kevin Rott.

Die türkischen Jungs ließen in diesem Zwischenrundenspiel nichts mehr anbrennen. Sie legten frühzeitig das zweite Tor nach und spielten die Begegnung locker zu Ende. Matz und die Türkei standen also ebenfalls im Halbfinale. Locke freute sich für seinen Freund und nahm sich vor, ihn einmal anzurufen. Ihr Gespräch nach der Meisterschaft stand ja noch an, aber wieso sollte man nicht zwischendurch mal miteinander telefonieren!

Doch nach dem Spiel, auf seinem Zimmer angekommen, hatte Locke erst einmal ganz was anderes vor.

»Hast du etwas dagegen, wenn wir noch ein bisschen Radio hören?«, fragte er Erik. Für diese Frage gab es einen Grund. Auf der Busfahrt hierher hatte Locke übers Handy mit Eva telefoniert. Die beiden hatten sich unmittelbar nach dem Spiel nur ein paar Sekunden lang sehen können, bei der Abfahrt des Mannschaftsbusses. Locke spürte immer noch, wie fest Eva ihn gedrückt hatte, schließlich wollte sie ja sehen, ob er sich schon ein bisschen anders »anfühlte« nach diesem Sieg… Am Telefon dann hatte Eva ihm sagen können, dass ihr Song SCHULTERROR wie verrückt im Radio auf 1LIVE gespielt wurde. »Rauf und runter«, hatte sie lachend gemeint. »Du musst dich da unbedingt mal reinschalten! Das wird dir noch den nächsten Kick geben!«

Erik war einverstanden, und so stellte Patrick, wie von Eva empfohlen, 1LIVE ein. Keine zwanzig Minuten später kündigte der Moderator die NEW KICKING DEVILS an.

»Hier für euch, auf vielfachen Wunsch wieder unser Geheimtipp für die Charts. SCHULTERROR, der Song, an dem auch Patrick Schubert, unser U15-Nationalspieler, beteiligt ist, der heute mit Deutschland das Halbfinale der Europameisterschaft erreicht hat.

Erik horchte auf. »Unglaublich, was du so alles machst. Das höre ich mir jetzt aber in aller Ruhe an.« Er lauschte dem Song, und kaum waren die letzten Töne verklungen, entfuhr es ihm: »Saugeil! Das muss in die Charts. Nach der EM komme ich euch bei einem Konzert besuchen.«

Patrick war heute sehr großzügig. »Du bist eingeladen!«, meinte er lachend und schlug Erik auf die Schulter.

Am nächsten Tag gab es eine kleine Überraschung, die anderen Spiele in der Zwischenrunde betreffend. Die so hoch gehandelte Schweiz verlor mit 1:2 gegen Russland und die Schotten konnten die Schweden ebenfalls durch einen 2:1-Sieg ausschalten.

Damit standen folgende Halbfinalspiele fest:

In Gelsenkirchen	Türkei gegen Russland
In Frankfurt	Deutschland gegen Schottland

Auch in Gelsenkirchen gab es ab sofort – wie sollte es auch anders sein – nur das eine Thema: die EM und Patrick Schubert.

Lockes Vater jagte jedem Zeitungsartikel hinterher, dessen er habhaft werden konnte. Die Presse lobte die Jungs von Trainer Stettler sehr. Von einem beeindruckenden Teamgeist war da oft die Rede und von wirklich großen Talenten. Herr Schubert las das alles voller Begeisterung. Heimlich schnitt er die Artikel aus und bewahrte sie in einem Ordner auf.

An diesem Morgen aber verschüttete Lockes Vater vor Ärger seinen Kaffee, und zwar voll über seine Hose. Er hatte eine große Boulevard-Zeitung aufgeschlagen und dort lachte ihn ein Foto an. Er im Gespräch mit Beckenbauer auf der Tribüne in Köln, aufgenommen während des Spiels gegen England. In den Zeilen unter dem Foto stand zu lesen: »Franz Beckenbauer und der Vater von Patrick Schubert. Insider vermuten, dass Beckenbauer den Schalker Spieler zum FC Bayern holen möchte.«

Lockes Vater regte sich mächtig auf. »Sandra, schau dir diesen Blödsinn an. Kein Wort habe ich mit Beckenbauer darüber gesprochen, so ein Quatsch.«

Frau Schubert konnte sich ein Lachen nicht verkneifen. »Du kennst doch diese Zeitung. Die machen gerne aus einer Mücke einen Elefanten.«

Damit war das Thema in Gelsenkirchen vom Tisch, aber dieses Blatt war die meistgelesene Zeitung in Deutschland, und auch Stettler hatte das Bild gesehen und die Unterschrift gelesen.

Der Trainer zitierte Locke zu einem Gespräch.

»Was ist da dran, Patrick?«, überfiel er ihn geradezu und reichte ihm die Zeitung. »Solche Personalgeschichten bringen nur Unruhe. Während der EM kann ich das nicht gebrauchen und du schon gar nicht.«

Locke war echt entsetzt. »Ich hatte keine Ahnung davon«, stieß er hervor. »Wenn Sie gestatten, rufe ich jetzt sofort meinen Vater an und frage, was da war. Aber …«, fügte er mit Nachdruck hinzu, »ich würde nie nach München gehen. Ich bin Schalker durch und durch.«

Stettler schaute ihn nachdenklich an. »Glaube ich dir ja. Du brauchst auch deinen Vater nicht anzurufen, aber«, er seufzte, »wenn die Münchner dir viel Geld bieten … Du wärst nicht der Erste, der da schwach würde.«

Locke blickte seinen Trainer fest an. »Über Geld beim Fußball habe ich mir bislang kaum Gedanken gemacht. Und das bleibt auch so.«

Stettler seufzte ein zweites Mal. »Schön wär's«, meinte er. »Aber eines Tages wirst du dazu gezwungen sein, und ich befürchte, dieser Tag ist nicht mehr so fern.«

Stettler hatte für das Spiel gegen Schottland keinerlei Veränderungen vorgenommen. Warum auch? Alles hatte bislang prima gepasst und auch Verletzungen waren der deutschen Mannschaft erspart geblieben. Also saß man in alter Besetzung im Mannschaftsbus.

Von Hennef nach Frankfurt war es nicht weit. Nach etwas mehr als einer Stunde würde man über die Autobahn dieses sehr moderne WM-Stadion erreichen.

Es war später Nachmittag und auffällig ruhig im Bus. Viele der Spieler hatten sich Kopfhörer aufgesetzt, hörten Musik und konzentrierten sich so auf das Spiel gegen Schottland.

Auf der Strecke nach Frankfurt war schon mächtig Betrieb. Man sah viele Fahrzeuge mit deutschen Fahnen und mit Transparenten. Jeder, der den Mannschaftsbus sah, winkte begeistert oder hupte wie wild. Ganz klar, diese U15 hatte sich in die Herzen der Fans gespielt …

In der Umkleide erklärte Trainer Stettler nochmals kurz die Taktik. Er hatte sich mit Erik, Heiko und Patrick für einen astreinen Sturm entschieden. Dahinter, im Mittelfeld, würde eine Dreierkette und danach eine Viererabwehrkette aufgebaut werden. Stettler wollte die Schotten gar nicht erst zur Entfaltung kommen lassen. »Meine Herren, dieses Spiel noch bis zum Finale – das schafft ihr! Was sind wir?« Diesmal klang es wie bei der Besatzung eines Piratenschiffes vor einem großen Überfall. Unglaublich entschlossen kam zurück: »Ein Team!«

In Gelsenkirchen lief die Fernsehkiste wieder auf Hochtouren. Erneut die große Runde: Pfarrer Kelter, Eva und ihre Eltern sowie die Eltern von Locke. Poldi trug ein schwarz-rot-goldenes Halsband, was etwas albern wirkte, aber dem Hund war das egal.

Günter Kellner, ein bekannter Reporter aus Franken, durfte das Spiel für die ARD moderieren.

»Liebe Fußballfreunde«, begann Kellner schnarrend seine Reportage, »so ein Abendspiel ist doch immer noch etwas Besonderes, zumal wenn es um den Einzug in das Endspiel um die U15-Europameisterschaft geht. Deutschland gegen Schottland können wir Ihnen anbieten und fünfzigtausend Besucher wollen dies Spiel hier in Frankfurt live miterleben. Herzlich willkommen – hoffentlich zu einem Fußballfest!«

Aber wie das so ist mit Erwartungen, die erste Halbzeit verlief fast ereignislos. Keine Torschüsse, keine prickelnden Szenen. Beide Mannschaften standen geschlossen in der Abwehr und beide Sturmreihen konnten sich nicht ein einziges Mal richtig zeigen.

Das Fazit zur Pause von Reporter Kellner fiel sehr ernüchternd aus.

»Da muss mehr kommen«, forderte er energisch. Beide Mannschaften wollen keine Fehler machen. Die Risikobereitschaft ist nicht hoch, aber jetzt«, er hob die Stimme, »geht hier in Frankfurt das Flutlicht an und damit den Teams hoffentlich ein Lichtlein auf.«

Als hätten die Spieler diesen Kommentar gehört, änderte sich das Spielverhalten nun dramatisch. Als hätte jemand einen geheimnisvollen Schalter angeknipst, nahmen die Mannschaften in den zweiten fünfundvierzig Minuten Fahrt auf. Es gab Torszenen im Minutentakt.

Sechsundvierzigste Minute: Heiko Erde aus vierzehn Metern Entfernung – knapp drüber. Vier Minuten später: Rod McManna, der Linksaußen der Schotten, mit einem Alleingang. Kevin riskierte wieder einmal Kopf und Kragen. Er rannte raus aus dem Kasten und schnappte dem Stürmer mit einem Hechtsprung den Ball von den Füßen. Das Publikum wurde immer euphorischer und peitschte ihre Mannschaften nach vorne.

Fünfzigste Minute: Locke am Leder. Sein Blick traf Erik. Der flehte ihn förmlich mit den Augen an. Spiel den Ball steil!, sollte dieser Blick sagen. Instinktiv folgte Patrick dem Wunsch. Erik hatte sich von den schottischen Abwehrspielern gelöst. Kein Abseits! Auch er lief jetzt allein auf das Tor zu. Schottlands Keeper rannte ihm entgegen. Alles fast so wie vorhin auf der anderen Seite. Aber nur fast. Denn Erik lupfte den Ball über den Torwart hinweg. Und wieder stellte sich dieses unbeschreibliche Gefühl der Freude ein. Tooooorrrr!!!! 1:0 für Deutschland. Wie ein warmer Sommerwind fühlte sich das an. Wohlgefühl! Zufriedenheit! Das Stadion tobte.

In Gelsenkirchen lagen sich der Zahnarzt und der Pfarrer im Arm. »Wenn die Europameister werden, gehe ich wieder in die Kirche«, brüllte Evas Vater, »und Ihnen, Kelter, setze ich kostenlos eine Krone ein!«

»Meine Zähne sind total in Ordnung«, schrie der Pfarrer zurück. »Aber in der Kirche kann ich jeden gebrauchen.«

Eva lachte sich halb schief über die beiden – und ansonsten platzte sie fast vor Stolz über die gute Vorarbeit zu diesem Treffer.

Alles palletti für die Deutschen, so schien es, aber dabei spielten die Schotten nicht so richtig mit. Jetzt, nach dem Rückstand, griffen sie mit einer unheimlichen Wucht an. Angriff auf Angriff rollte auf das Tor von Kevin Rott. Die gesamte deutsche Mannschaft hatte sich zur Verteidigung zurückgezogen.

Reporter Kellner flippte förmlich aus. »Jetzt bloß nicht ausschließlich verteidigen. Das kaaaaaannn doch nicht gut gehen.« Er zog auch das nächste »a« so in die Länge. »Daaaaaaa, jetzt schon wieder die Schotten. Aber der Rott, der Rott, der Rott, wenn wir den nicht hätten. Nur noch fünf Minuten zu spielen. Aber das könnten die längsten Minuten aller Zeiten werden. Dreihundert Sekunden fühlen sich plötzlich wie Monate an. Der Locke, der Patrick, der Schubert, der könnte doch jetzt mal für einen Gegenangriff sorgen. Ja, jetzt! Sag ich doch. Schubert führt das Spielgerät. Müsste aber abspielen. Locke Schubert, was machst du? Heiko Erde bietet sich doch rechts an! Schubert etwas eigensinnig. Warum spielt der nicht ab? Torentfernung immer noch dreißig Meter. Viel zu weit, um zu schießen. Jetzt versucht der Schalker es tatsächlich doch. Ein schottisches Bein dazwischen. Abgefälscht. Der Torwart steht auf dem falschen Fuß. Der Ball rollt in die rechte Ecke. Der Keeper kann nicht mehr reagieren. Unglaublich! Das Diiiiiinnnnngg ist drin! 2:0! 2:0! 2:0! Deutschland steht im Endspiel! Da lege ich mich jetzt mal fest!«

Elf deutsche Spieler bildeten ein Knäuel. Selbst Kevin war aus seinem Tor geeilt und lag ganz oben auf dem Spielerhaufen. Jubel im Stadion! Jubel bei Familie Schubert und Anhang!

Hängende Köpfe bei den Schotten, und im Mannschaftsquartier der Türken – sie würden *Auf Schalke* spielen, in Gelsenkirchen – schaute Matz völlig entgeistert auf den Fernsehschirm.

»Wenn wir jetzt gegen Russland gewinnen«, stellte er für sich fest, »heißt das Endspiel am Sonntag ›Deutschland gegen die Türkei‹, und schon wieder Locke gegen Matz. Wer hätte das gedacht?«

Das zweite Halbfinale in Gelsenkirchen war für die Türkei und Matz ein echtes Heimspiel. Die *Arena Auf Schalke* war voll. Sechzigtausend Zuschauer, davon bestimmt fast die Hälfte türkische Anhänger. Der Lärmpegel überstieg sämtliche Rekordmarken.

Russland war ein sehr guter Gegner. Kämpfte. Ging sogar mit 1:0 in Führung und stand schließlich doch als Verlierer auf dem Platz. Die Türkei konnte in der zweiten Halbzeit das Spiel drehen, und Matz war es, der in der fünfundsiebzigste Minute das Siegtor zum 2:1 erzielen konnte.

Auf dem TV-Würfel der *Arena* stand nach dem Schlusspfiff in riesigen Buchstaben: DIE UEFA FREUT SICH AUF DAS ENDSPIEL DEUTSCHLAND GEGEN DIE TÜRKEI!

Mit gemischten Gefühlen wurde das Resultat im deutschen Lager aufgenommen. Einerseits kannte man die türkische Mannschaft vom Eröffnungsspiel ganz gut, andererseits stand dieses 0:1 als Belastung in den Geschichtsbüchern ... Stettler versuchte, seine Mannschaft zu beruhigen.

»Man macht ja Fehler normalerweise nicht zweimal, also, was haben wir aus der Auftaktniederlage gegen die Türken gelernt?«

Er stemmte die Arme in die Seiten und stand wie ein Lehrer vor der Truppe, die Augenbrauen hochgezogen, was ziemlich streng aussah. Andreas Martin traute sich zu antworten: »Man darf sie nicht gewinnen lassen.«

Ein Riesengelächter war die Reaktion im Raum. Sogar Stettler musste lachen. »Vereinfacht ausgedrückt hast du den Nagel auf den Kopf getroffen«, meinte er. »Aber was ich euch mit auf den Weg geben möchte, ist Folgendes. Lasst sie nicht in einen Spielrausch kommen. Vor allem, deckt sie enger als beim Eröffnungsspiel in Berlin ...«

»Und gebt keine Handspiele auf der Torlinie zu!«, rief Heiko Erde dazwischen, und wieder mussten alle lachen.

Stettler aber wurde nochmals ernst.

»Was Patrick da im ersten Spiel gemacht hat, war schon etwas ungewöhnlich. Aber es hat uns viel Anerkennung in der gesamten Fußballwelt eingebracht. Um es noch einmal zu sagen: Es war komplett richtig, dass er sein Handspiel zugegeben hat. Nun aber lasst uns in aller Ruhe vor dem Endspiel arbeiten. So oder so, ich bin unendlich stolz auf euch!«

Alle klatschten nach dieser Rede des Trainers lauten Beifall.

Locke freute sich über diesen neuerlichen Zuspruch seines Trainers. Aber eigentlich beschäftigte ihn in diesen Momenten etwas ganz anderes. Und das war Matz. Er würde im Endspiel gegen seinen Freund spielen.

In Hennef war die Hölle los. Tage vor dem Endspiel gaben sich namhafte Reporter die Klinke in die Hand, und der Andrang wurde so groß, dass der DFB sogar einen Medienmanager aus der Zentrale in Frankfurt schicken musste, um alle Anfragen zu beantworten. Ulli Wogt hieß der Mann und normalerweise kümmerte er sich um die »echte« Nationalmannschaft. Ein Profi also.

Um den ganzen Rummel in den Griff zu bekommen, beraumte Wogt dann als Erstes Pressekonferenzen an. Am Freitag und Samstag vor dem Endspiel sollte es jeweils um zwölf Uhr solch einen Termin geben, mit dem Trainer und jeweils einigen ausgesuchten Spielern. Für den Samstag hatte Wogt Locke und Kevin Rott ausgesucht.

So saß Locke nun also zusammen mit Kevin vor den Journalisten. Stettler hatte den Pressekollegen gerade das Neueste aus dem Team berichtet und jetzt gab Wogt »Feuer frei!« für Fragen an den Trainer und die Spieler.

Bislang hatten Patrick und Kevin Rott eher passiv dabeigesessen und an ihrem Orangensaft geschlürft. Ganz unwohl hatten sich beide dabei nicht gefühlt. Locke hatte unauffällig gezählt, wie viele Menschen sich in den schmucklosen Raum der Sportschule gequetscht hatten. Er war auf siebzig Personen und drei Kamerateams gekommen! Nun aber stand ein Mensch mit langen Haaren, so wie man sie vor Urzeiten getragen hat, in einem leicht abgewetzten braunen Kordsakko auf und stellte sich als Benno Weberski von der Bildzeitung vor.

Weberski räusperte sich. »Sie, Locke oder Patrick Schubert, nun sagen Sie uns doch endlich mal, ob Sie zu den Bayern wechseln oder nicht. Ihr Vater hat ja schon Verhandlungen mit Beckenbauer führen können, wie unsere Zeitung exklusiv vermeldet hat.«

Stettler sah ein wenig besorgt zu Patrick neben sich, dies war genau das, was der Trainer nicht wollte. Personaldiskussionen. Aber Patrick meisterte die Situation sehr professionell.

»Und jetzt«, sagte er ironisch, »können Sie Ihren Lesern nicht exklusiv, weil ja alle mithören können, vermelden, dass ich keine Absicht habe, zu den Bayern zu wechseln.«

Die Antwort sorgte für große Heiterkeit unter den Anwesenden.

Patrick fuhr fort: »Mein Vater hatte lediglich mit Herrn Beckenbauer einen kleinen Plausch. Zufällig machte dann einer Ihrer Fotografen dieses Bild und setzte Gerüchte in die Welt.«

Stettler trat Locke anerkennend unter dem Tisch leicht mit dem Fuß, und Wogt, der Pressefachmann, nickte ihm zu und moderierte clever ab.

»Dann können wir uns wohl wieder rein sportlichen Themen zuwenden. Die nächste Frage bitte.«

Diesmal wurde eine Hand in der letzten Reihe gehoben. Ein Mann in einem eleganten hellen Anzug erhob sich. In seinem freundlichen Gesicht war ein dicker schwarzer Schnurrbart.

»Mein Name ist Erduan Özyl«, stellte er sich vor, »von der Zeitung Hürriyet, die in Istanbul erscheint.«

Locke registrierte, der Journalist sprach ein ausgezeichnetes Deutsch, dann hörte er: »Herr Schubert, wir waren in der Türkei mehr als begeistert, als Sie im Eröffnungsspiel Ihr Handspiel zugegeben haben. Nehmen wir einmal an, im Endspiel gäbe es wieder eine solche Situation. Würden Sie nochmals so handeln?«

Patrick errötete leicht. Dann kam leicht zögernd seine Antwort.

»Ach wissen Sie, ich hoffe natürlich, dass es nicht noch einmal zu einer solchen Szene kommen wird. Ich habe meinen Trainer gebeten, mich von allen Abwehraufgaben zu befreien. Und eine alte Fußballweisheit«, setzte er hinzu, »besagt ja schließlich, dass Stürmer im eigenen Strafraum nichts zu suchen haben.« Wieder hatte er die Lacher auf seiner Seite.

Auch Herr Özyl lächelte und fügte nun seinerseits an:

»Herr Schubert, ich habe die Ehre, Sie im Namen meiner Zeitung nach der U15-Europameisterschaft für ein Wochenende nach Istanbul einzuladen. Ihre Ehrlichkeit hat eine ganze Nation gerührt und wir möchten Sie etwas näher kennenlernen.«

Jetzt war Patrick knallrot angelaufen. Stettler mischte sich schnell ein.

»Aber nicht, dass Galatasaray ihn dann kauft.«

Alles im Raum lachte erneut und der Medienexperte Wogt setzte noch einen drauf, indem er an Benno Weberski die Worte richtete: »Bitte nicht in dein Blatt setzen, lieber Benno, es war nur ein Scherz.«

Auch Kevin bekam noch einige Fragen gestellt, so von der Qualität: »Wer ist ihr Vorbild?«, und dann war die launige Fragerunde auch schon vorbei.

Eva war in letzter Zeit etwas zu kurz gekommen, was den Kontakt zu Locke betraf, und sie hatte nun zumindest ein ungefähres Gefühl dafür, was es hieß, eine echte »Fußballerbraut« zu sein ... Deshalb freute sie sich riesig, als Patrick sie am Samstag anrief, um wenigstens ein paar Minuten mit ihr zu sprechen. Sie ärgerte ihn zunächst ein wenig mit dem Artikel in der Zeitung, dem in die Welt gesetzten Gerücht, dass die Bayern ihm einen Vertrag anbieten wollten.

»Du, nach München ziehe ich aber nicht deinetwegen«, sagte sie. »Obwohl mein Vater von der Stadt mächtig schwärmt. Aber ich glaube, nur deshalb, weil Zahnärzte dort das Doppelte von dem verdienen, was sie hier in Gelsenkirchen bekommen können.«

Patrick lächelte dazu vergnügt. »Es ist aber auch so«, erwiderte er, »dass die Zahnarztfrauen in München das Dreifache von dem ausgeben, was sie in unserer nicht ganz so schönen Stadt ausgeben können. Und jetzt lass den Quatsch. Was gibt es Neues?«

Eva musste nicht lange überlegen: »Du glaubst es nicht! Diese Plattenfirma hat sich bei Pfarrer Kelter gemeldet. SCHULTERROR läuft extrem gut inzwischen und jetzt halt dich fest: Die wollen ...« Sie machte eine wirkungsvolle Pause. »Die wollen ein ganzes Album mit uns aufnehmen! Locke, ich kann es noch immer nicht fassen, wir können zwölf eigene Lieder produzieren. Lass dich überraschen, die Band arbeitet schon fleißig an den Songs. Wenn du wieder hier bist, fangen wir richtig an zu proben. Es gibt auch einige Anfragen für Auftritte.« Sie lachte. »Das können wir natürlich alles erst ab Montag in Angriff nehmen. Jetzt werde du erst mal Europameister.«

Locke war völlig sprachlos. Und das, wo die Minuten zum Telefonieren so kostbar waren. Die Zeit saß ihm im Nacken, die Mannschaft war verabredet, sich das sogenannte »kleine« Endspiel im Fernsehen anzusehen, um den dritten Platz des Turniers.

»Mann, Eva... mir... fehlen echt die Worte«, stotterte er dann, »das war echt nicht vorauszusehen. Nicht in meinen kühnsten Träumen hätte ich so was erwartet. Solch ein Erfolg! Jetzt haben wir das Bein in der Tür... ich... ich«, er brach ab. »Wir müssen in Ruhe über alles reden«, sagte er dann. »Bloß jetzt... jetzt muss ich schon wieder... die Leute hier warten auf mich ...«

Er erkundigte sich noch schnell, ob die Finalkarten daheim angekommen wären, denn der DFB hatte auch für das Endspiel jedem Spieler Tickets zur Verfügung gestellt, diesmal waren es sechs, und das passte in Lockes Fall ideal. Pfarrer Kelter, seine Eltern, Evas Eltern und natürlich Eva selbst würden im riesigen Dortmunder Stadion am Sonntag um drei Uhr auf der Tribüne sitzen können... Eva bestätigte den Eingang der Karten bei seinen Eltern, dann war die Zeit zum Telefonieren endgültig um.

Das »kleine« Endspiel, von dem Locke gesprochen hatte, fand in Berlin statt, und es endete an diesem Samstag mit einem 2:0-Erfolg von Schottland über Russland. Die Schotten bekamen also die bronzene Medaille der UEFA umgehängt. Vierzigtausend Zuschauer waren nochmals ins Olympiastadion gepilgert.

15

Der 18. Mai 2008. Der Tag der Entscheidung. Es war ein unglaublich schöner Morgen. Ein Sonntag wie gemalt. Pfarrer Kelter hatte in seiner Gemeinde nur den Frühgottesdienst abgehalten und dann einen Kollegen gebeten, den Kirchendienst zu übernehmen. In seiner Predigt hatte er sogar das Thema Fußball verarbeitet.

»Mein Chef« – und damit meinte er den lieben Gott – »ist bestimmt auch ein Fußballfan ...« Er sagte es mit einem entschuldigenden Lächeln, und alle in seiner Gemeinde verstanden ihn ...

Kelter putzte sich richtig raus. Ein dunkler Anzug mit einer wunderschönen blauen Krawatte sollte dem Anlass gebührend sein. Kurz vor zwölf holte ihn die restliche Truppe mit dem großen Geländewagen von Evas Vater, der am Steuer saß, ab. Das riesige Auto hatte acht Sitzplätze.

»Zumindest den Zahnärzten scheint es in Gelsenkirchen gut zu gehen«, murmelte der Pfarrer vor sich hin, sodass es nur Eva hören konnte. Die konnte sich ein Grinsen nicht verkneifen, denn dieser Satz von Kelter erinnerte sie an ihr gestriges Gespräch mit Locke.

Über die A42 ging es nun nach Dortmund. Schon aus der Ferne war das Westfalenstadion zu sehen. Weit ausladend begrüßte dieser Koloss unter dem großen Fernsehturm die Menschen. Über achtzigtausend Zuschauer passten in diese Fußballoper und sie war ausverkauft. Über ein Drittel Türken waren darunter, was niemanden verwunderte, denn im Ruhrgebiet leben schon seit vielen Jahren Hunderttausende von Menschen aus der Türkei.

Die Stimmung in Berlin zur Eröffnung der EM war ja schon super, doch hier in Dortmund steigerte sie sich noch um ein Vielfaches. Die Fans aus Gelsenkirchen staunten.

Pfarrer Kelter war so baff, dass ihm nichts anderes einfiel als: »Hier ist mehr los als auf dem Kirchentag!« Bei den vorzüglichen Tribünenplätzen angekommen, begrüßte sie Franz Beckenbauer wie alte Bekannte. Vater Schubert begegnete diesmal der Fußball-Ikone nicht so überrascht und ehrfurchtsvoll wie bei ihrem letzten Zusammentreffen.

»Mit Ihnen kann man sich ja nirgendwo blicken lassen, Herr Kaiser, ähm, Entschuldigung, Herr Beckenbauer, natürlich«, meinte er freundlich-respektlos. »Schon stehen komische Sachen darüber in der Zeitung.«

»Was meinen Sie, was ich schon alles über mich in der Presse lesen durfte, was nicht stimmte.« Beckenbauer musste lachen. »Aber ich kann wirklich nicht mit Ihnen über einen Wechsel Ihres Sohnes nach München sprechen?«

Jetzt war es an Lockes Vater, zu lachen. Aber es klang unsicher, denn er wusste nicht recht, ob diese Frage vielleicht doch ernst gemeint war. Vorsichtshalber antwortete er nicht.

Die deutsche Mannschaft, das war allgemein bekannt, konnte erneut unverändert spielen, und auch die Türkei war ebenso angekündigt wie beim Eröffnungssieg gegen Deutschland. Kurz nach zwei waren beide Teams erstmals auf dem Platz, um sich den Rasen anzusehen. Die Mannschaften hatten ja schon mehrfach vor großen Kulissen agiert, aber das, was sich hier abspielte, ließ den meisten Spielern doch den Atem stocken. Allein auf der Südtribüne standen zwanzigtausend Fans. Wie eine gigantische Wand wirkten die Menschen auf den Rängen …

Langsam wurde es ernst. Die Spieler, zuvor in ihren Trainingsanzügen, erschienen jetzt als Mannschaftsformation in ihren tollen Anzügen, der Festbekleidung. Von der Tribüne sah es so aus, als ob eine Kolonne Banklehrlinge den Platz betreten würde. Eva erkannte in dieser Verkleidung ihren Locke zunächst gar nicht. Aber die Mütter – auch Frau Dahl war mit von der Partie – waren total entzückt.

»Ach, solch einen Anzug sollte er öfter tragen. Das macht ihn so erwachsen!«, rief Frau Dahl.

Lockes Mutter aber, bei aller Liebe, schluckte auch etwas, als sie ihren Sohn so sah. »Der Junge wird langsam groß. Kleider machen Leute«, sagte sie. Und plötzlich schien es, als wäre ihr etwas ins Auge geflogen.

»Die sollen Fußball spielen und nicht Klamotten vorführen!«, maulte jetzt Vater Schubert. Eva fügte hinzu: »In Jeans ist er mir immer noch am liebsten.«

Das allerletzte Wort aber hatte Pfarrer Kelter. »Wie ein NEW KICKING DEVIL sieht er hier jedenfalls nicht aus.«

Matz sah Locke sofort und ging völlig unbefangen auf ihn zu. Patrick dagegen, der sich kürzlich noch vorgenommen hatte, bald einmal mit seinem wiedergewonnenen Freund zu telefonieren, hatte nun doch wieder ein leicht komisches Gefühl, als er Matz sah, vor diesem Spiel …

Dennoch nahmen sich die beiden in die Arme. Matz eröffnete das Gespräch.

»Weißt du noch, als wir im Sportcafé in Gelsenkirchen saßen und die Auslosung zur EM gesehen haben? Da wären wir im Traum doch beide nicht draufgekommen, dass wir uns hier im Endspiel wiedertreffen.«

Locke blickte vor sich hin. »Und vor allen Dingen«, sagte er halblaut, dass nur Matz es hörte, »konnte ich mir nicht vorstellen, dass wir einige Monate nicht miteinander sprechen würden.«

Matz nickte. »Weißt du … mir ist klar geworden, dass ich dir die ganze Zeit über keine Chance zur Rechtfertigung gegeben habe. Das tut mir leid!« Er sah Locke fest an. »Lass uns jetzt vor achtzigtausend Zuschauern beschließen, dass wir Freunde für alle Zeit sind, dass wir immer, aber wirklich immer, über alles miteinander reden und bei Problemen füreinander da sind.«

Wer die beiden beobachtet hatte, konnte jetzt staunend feststellen, dass sich zwei Endspielgegner noch kurz vor ihrem wichtigsten Spiel fest in den Arm nahmen.

Irgendein Witzbold in der Nähe der Schuberts schrie: »Und wer steckt jetzt die Ringe an?« Aber natürlich konnten Patrick und Matz unten auf dem Rasen und in dem allgemeinen Getöse kein Wort verstehen. Und Eva sah diese Umarmung von der Tribüne aus voller Freude.

Das Stadion brodelte. Es war fünf Minuten vor drei und die beiden Mannschaften wurden von den Schiedsrichtern aus England auf den Platz geführt. Als die Nationalhymnen erklangen, sangen die Fangruppen auf den Rängen jeweils lauthals mit, und dann – dann gab es den Anstoß.

Die deutschen Spieler waren wie immer in Schwarz-Weiß mit dem Adler auf den Hemden, die türkischen in ihren roten Trikots mit dem Halbmond auf der Brust. Die Nachmittagssonne brachte die Kleidung der Mannschaften vor dem Grün des Rasens zum Leuchten. Es war ein traumhaftes Bild.

Trainer Stettler hatte kurz vor Spielbeginn in der Kabine nochmals einen Kreis bilden lassen und seine Jungs fest angesehen.

»Ich denke, ich muss heute nicht viel sagen. Es geht um den Titel. Was sind wir?« Der Kreis brüllte wie bei der schlimmsten Szene in einem Horrorfilm zurück: »Ein Team!«

Wild entschlossen stürmte Deutschland auf das Tor der Türken vor der Nordtribüne zu. Stettler stand am Spielfeldrand und ruderte wie wild mit den Armen. Ruhiger, ruhiger sollte das bedeuten. Die Angriffe waren deutlich überhastet und so kam man auch nicht zum Torabschluss. Die Türkei dagegen wirkte zunächst deutlich cooler. Es war wieder einmal Matz, der ja insgesamt eine überragende EM gespielt hatte und nun, in der zwölften Minute, Kevin Rott mit einem Fernschuss aus zwanzig Metern Entfernung prüfte. Kevin musste sich ganz lang machen, um den flachen Ball noch um den Pfosten zu lenken. Ecke.

Der Ball kam hoch herein. Einer der Innenverteidiger aus der Türkei erwischte den Ball mit der Stirn. Kevin hatte sich nicht entscheiden können, ob er auf der Linie stehen bleiben oder raus aus dem Kasten sollte. Deshalb machte er jetzt zwei halbherzige Schritte nach vorne – und fast provozierend langsam flog der Ball über ihn hinweg ins deutsche Tor. 0:1!

Torwartfehler! Aber die deutschen Jungs gingen sofort zu Kevin und klopften ihm auf die Schulter, getreu dem Motto: Du hast schon so viele Treffer verhindert, solch ein Fehler kann jedem passieren …

Überschwänglich feierten die türkischen Zuschauer die Führung und schwenkten ihre Fahnen. Es war, als würde die Farbe Rot sich ausweiten in dem allgemeinen Jubel.

Manni Treuckelmann, der ARD-Radioreporter, hatte dazu die entsprechende Bemerkung parat: »In diesem Augenblick hat man das Gefühl, Dortmund liegt am Bosporus«, sagte er und brachte es dann, das Tor betreffend, auf den Punkt: »Mann, oh Mann, Rott, den Schuss hätte meine Oma mit der Mütze gehabt. Aber keine Vorwürfe, der Junge hat auch schon klasse Paraden gezeigt. Jetzt zum Beispiel muss er wieder eingreifen, weil dieser Matz, dieser verkleidete Türke, denn eigentlich ist er ja ein Schalker, aus ungefähr fünfzehn Metern Entfernung halblinks frei zum Schuss kam. Gut, dass Kevin Rott diesen Ball sicher gefangen hat. Da muss er nicht so lange über den Fehler von vorhin nachdenken. Die deutsche Mannschaft hat hier zu hektisch angefangen. Die Türken wirken eiskalt, warten nur auf die Konterchancen und die ergeben sich jetzt immer häufiger.«

Treuckelmann schnaufte: »Jetzt Ballverlust im deutschen Mittelfeld.« Er war alarmiert. »Die Türken sind schon wieder schneller. Sie wirken in dieser Phase des Endspiels einfach technisch besser, irgendwie flinker. Aber schon ist Hannes Balder, der Abwehrspieler vom Lüner SV, energisch dazwischengegangen, der Junge soll ja demnächst hierher zur Borussia wechseln. Energisch treibt er den Ball in die gegnerische Hälfte. Das kannte man von dem Abwehrspieler bisher nicht, dass er sich so massiv in den Angriff einschaltet. Balder für Deutschland! Himmel, macht der riesige Schritte. Balder jetzt schon an der Strafraumgrenze. Hat der eine Kraft. Balder schiiiieeeßt… Tooooooor!! 1:1!!! Hören Sie sich an, was hier los ist!«

Das Stadion tobte, die Jungs jedoch übertrieben es mit dem Jubel nicht. Man lag sich in den Armen und munterte sich weiter gegenseitig auf. Erik rief Heiko zu: »Lass uns mal die Seiten wechseln, dass wird sie irritieren, okay?«

Heiko nickte. »Gut, du jetzt über links und ich über rechts. Locke, bleib du in der Mitte!«

Stettler am Spielfeldrand hatte die Umstellung in seinem Sturm natürlich mitbekommen. Es war etwas ungewöhnlich, dass die Mannschaft ohne jegliche Absprache mit ihm Formationsveränderungen vornahm. Er erhob aber keinen Einspruch. Schon in der nächsten Szene wusste er, warum.

Die türkischen Außenverteidiger waren total überrascht,

als sie plötzlich vor neuen Gegenspielern standen. Erik also kam jetzt über links und konnte in einer Eins-zu-eins-Situation seinen Gegenspieler schön stehen lassen. Allerdings musste er dabei ganz nach außen gehen. Aus vollem Lauf schlug er das Leder weit hinüber zu Heiko Erde, der jetzt einen klassischen Rechtsaußen spielte. Heiko nahm den Ball geschickt an und mit der zweiten Berührung kickte er das Leder zu Patrick. Direkt mit dem rechten Fuß übernahm der das Spielgerät aus der Luft und knallte es in die linke Torhälfte. Ein mörderischer Schuss.

Auf der Tribüne sprangen die Familien Schubert und Dahl von den Sitzen. Auch Franz Beckenbauer hatte seine gespielte Neutralität aufgegeben, auch er stand und hatte die Arme hochgerissen. »Toooor!!! 2:1 für Deutschland!« Und im selben Moment wandte er sich an Herrn Schubert.

»Ja mei«, schrie er ihn jetzt förmlich an, »über den Wechsel zu den Bayern müssen wir nun aber wirklich bald mal reden.«

Lockes Vater rief etwas zurück, das wie »unverkäuflich« klang, und er strahlte über das ganze Gesicht.

Mit dieser 2:1-Führung ging es in die Pause. In der Umkleide wurde nicht viel gesprochen. Stettler ermahnte seine Mannschaft nur, jetzt nicht zu überdrehen, sich nicht allzu sicher zu fühlen.

»Wir sind erst auf halber Strecke zum Titel«, sagte er eindringlich. »Es könnte sein, dass der zweite Abschnitt wesentlich härter wird.«

Und so kam es auch. Die Türkei war hochmotiviert. Bestimmt eine Minute vor der deutschen Mannschaft waren die Spieler wieder auf dem Feld. Die türkischen Fans begrüßten sie mit lautem, aufmunterndem Beifall.

Manni Treuckelmann wurde sogleich wieder »Live on Air«

geschaltet und Millionen von Radiohörern lauschten seinem Bericht.

»Da hat man jetzt aber den Bock bei den Hörnern, liebe Fußballfreunde. 2:1 für Deutschland gegen die Türkei. Jetzt darf man die Hörner auch nicht mehr loslassen. Der Bock wird sich jedoch wehren, so viel ist sicher, und es fängt auch schon an. Die zweite Hälfte beginnt. Und wie der Bock zappelt!«

Er hob die Stimme. »Die Türkei praktiziert hier zunächst Einbahnstraßenfußball. Es geht alles nur in eine Richtung, nämlich auf das deutsche Tor zu. Kevin Rott, der das 0:1 auf seine Kappe nehmen muss, hat seinen Fehler jetzt schon mehrfach gutmachen können. Auch diesmal steht er im Brennpunkt. Eine gefährliche Flanke von rechts. Rott fliegt aber förmlich aus seinem Tor und entschärft. Dieser Rott wird bestimmt einmal die Nachfolge von Oliver Kahn antreten, da bin ich mir jetzt schon sicher, auch wenn der Manager des FC Bayern, Uli Hoeness, es nicht leiden kann, wenn seine jungen Spieler so gelobt werden.« Er unterbrach sich. »Aber ich schweife ab. Wenn ich die Situation auf dem Feld betrachte: Entlastung muss her für unsere Jungs. Das kann nicht gut gehen. Deutschland steht nur noch hinten und verteidigt. Stössken, Schubert und Erde kommen nicht mehr zu Tormöglichkeiten. Jetzt wieder die Türkei im und am deutschen Fünfmeterraum in Erwartung einer Ecke. Lediglich Patrick Schubert steht noch in Höhe der Mittellinie, um möglicherweise einen Konter zu starten. Die Ecke kommt. Rott klebt auf der Linie. Da müsste er eigentlich raus, aber jetzt hat er bestimmt an seinen Fehler beim 0:1 gedacht. Was für ein Durcheinander! Wo ist der Ball? Keiner unserer Spieler kann klären. Talent Matz hat sich das Leder geangelt. Aber da stehen zwei, drei deutsche Spieler vor ihm. Matz findet die Lücke. Nein, nein, nein.

Das durfte nicht passieren. Tooooor für die Türkei! 2:2! Der Jubel hier ist so groß, ich verstehe mein eigenes Wort nicht mehr und das trotz meiner Kopfhörer.«

Die Reaktion auf der Tribüne fiel diesmal entgegengesetzt aus. Alle hatten die Hände vor das Gesicht geschlagen und mochten gar nicht auf den Platz schauen. Die Mannschaft aber reagierte ganz anders: Es war, als würde das Ausgleichstor eine Blockade lösen. Schon beim Anstoß am Mittelkreis motivierte man sich gegenseitig.

»Jetzt erst recht!«, rief Lukas Podborski, der Mittelfeldspieler vom 1. FC Köln, seinen Mitspielern zu. Stettler machte eindeutige Zeichen, dass man jetzt wieder in die Offensive gehen müsste. Gut zehn Minuten waren noch zu spielen. Reichte die Kraft? Stettler ließ überraschenderweise nicht auswechseln.

Matz und Locke, die beiden Kontrahenten in diesem Spiel, waren sich bisher auf dem Platz kaum begegnet. Jetzt aber hatten sie sich gegenseitig im Blick. Fast entschuldigend zuckte Matz mit den Schultern in Richtung von Patrick, so als wollte er sagen: »Sorry, aber das Tor musste ich machen.«

Locke hob kurz anerkennend den Daumen, dann ging es weiter. Und merkwürdig, jetzt kippte das Spiel wieder in die andere Richtung. Geradezu wie vom Teufel besessen, griff die deutsche Mannschaft an. Die türkischen Spieler fanden keine Mittel, diesen Wirbel zu unterbinden.

Treuckelmann, der Radiokommentator, redete sich fast in den Wahnsinn.

»Ich habe schon viele Spiele gesehen, unglaubliche Begegnungen, aber was die beiden Mannschaften hier leisten, ist absolut erste Sahne. Ein umwerfendes Spiel. Ich würde keine Wette auf einen Sieger abgeben wollen. Beide hätten es verdient.«

Auf der Tribüne achtete niemand auf Pfarrer Kelter. Sehr, sehr unauffällig bekreuzigte er sich und sandte ein kleines Stoßgebet an seinen Chef.

»Herr, du weißt, dass ich nur in absoluten Notsituationen um etwas bitte, aber lass jetzt das 3:2 für Deutschland fallen. Amen!«

Kaum hatte er das Gebet beendet, da kam Lukas Podborski an den Ball. Schnelles Abspiel auf Erde. Heiko zögerte keine Sekunde, er zirkelte das Leder zu Locke. Der sah Erik Stössken im Strafraum stehen. Sofort flankte er. Der Ball rutschte von seinem Fuß. Stössken erkannte, dass die Pille etwa zwei, drei Meter halbhoch an ihm vorbeifliegen würde, wenn er jetzt nicht… Und schon hob er ab wie ein Hubschrauber. Mit einer Rechtsdrehung flog er dem Geschoss entgegen und traf voll mit der Stirn. Ein Torpedo, wie ihn früher nur Uwe Seeler beherrschte.

Wie von Sinnen schrie Treuckelmann in sein Mikrofon. »Stöööööössssskennn fliegt. Er erwischt den Ball. Herrrrrrrrlich! Was für eine Flugkurve. Der Ball, der Ball, der Ball ist im Netz!!!! Ich bin balla, balla! 3:2 für Deutschland! Ist das der Titel? Ist das der Titel? Ist das der Titel? Oh, Verzeihung, wenn ich jetzt alles wiederhole, aber das ist unglaublich! Deutschland führt mit 3:2 nach diesem Traumtor von Erik Stössken.«

»Danke, Chef«, murmelte Pfarrer Kelter auf der Tribüne. Diesmal wohl etwas lauter, denn Herr Dahl schaute den Gottesmann erstaunt an. »Aber Sie müssen doch nicht Chef zu mir sagen.« Kelter schüttelte nur den Kopf.

Alle, wirklich alle deutschen Zuschauer lagen sich in den Armen, zumal wenige Minuten später das Endspiel abgepfiffen wurde. Deutschland war Europameister!

Auf dem Platz spielten sich unfassbare Bilder ab. Die deutschen Jungs lagen freudetrunken übereinander auf dem Rasen. Stettler war mit dem gesamten Betreuerstab und allen Ersatzspielern ebenfalls zur siegreichen Elf gerannt.

»Wir sind ein Team! Wir sind ein Team!«, riefen die Spieler immer wieder und Stettler wurde hochgehoben und rund um den Platz getragen. Es war der absolute Wahnsinn!

Völlig geknickt lagen die türkischen Jungs auf dem Platz. Einige von ihnen weinten. Doch ihre Landsleute feierten sie mit Sprechchören – die Mannschaft hatte ein wunderbares Spiel abgeliefert.

Patrick setzte sich aus dem Pulk der deutschen Spieler etwas ab. Er blickte suchend über den Platz. Dann sah er ihn. Matz kauerte an der Mittellinie, tief in sich versunken. Locke ging auf ihn zu.

»Hey, nicht traurig sein.« Er klopfte ihm auf die Schulter. »Wir hatten einfach etwas mehr Glück als ihr.«

Matz schaute ihn an und es liefen tatsächlich Tränen über sein Gesicht.

Patrick hatte seinen Freund noch nie weinen sehen. Mühsam suchte er nach Worten. »Komm, Matz, steh auf, ihr könnt stolz auf eure Leistung sein. Ihr wart doch klasse!«

Matz schniefte, wischte sich übers Gesicht, dann grinste er schon wieder.

»Kutlu Olsun, Locke!« Patrick schaute ihn fragend an.

»Das heißt ›Herzlichen Glückwunsch‹!«, erklärte Matz.

Patrick antwortete nicht. Er hatte plötzlich einen Kloß im Hals.

Auf dem Rasen wurde jetzt eine kleine Bühne errichtet. Michel Platini, der Präsident der UEFA, überreichte unter dem Applaus der Zuschauer die silbernen Medaillen an die türkische Mannschaft. Danach wurde der EM-Pokal an die deutschen Spieler übergeben und nochmals ging eine Woge der Begeisterung durch das Stadion.

Eine Konfettimaschine ließ tausende kleiner Goldteilchen regnen und ein super Tagesfeuerwerk tauchte das weite Fußballrund minutenlang in ein zuckendes Licht. Die Europameisterschaft war vorüber.

Piekfein war das Dortmunder Hotel, in dem zu Ehren der Sieger ein Bankett gegeben wurde. Es war ein herrlicher Abend, und Locke machte endlich gut, dass er in den letzten Wochen wenig Zeit für Eva hatte. Ganz dicht saß er bei ihr, hatte seinen Arm um sie gelegt und hielt sie ganz, ganz fest.

Die anderen Gelsenkirchener und Stettler saßen mit am Tisch. Vater Schubert strahlte vor Glück. Pfarrer Kelter fachsimpelte mit dem Bundestrainer. Zahnarzt Dahl tat so, als ob er sich schon immer für Fußball interessiert hätte, und Lockes Mutter genoss einfach nur die Stunden des Glücks.

»Übrigens«, sagte da Eva und löste sich aus Lockes Arm. »Du bist nicht nur Europameister geworden, sondern du gehörst nun auch zur ›Top Hundert‹.«

Locke kapierte nicht sofort, was Eva meinte.

»Wie ›Top Hundert‹?«, fragte er.

Nachsichtig lächelte Eva, dann sagte sie: »Unser Song, SCHULTERROR ... er ist unter die besten einhundert verkauften Singles in Deutschland gekommen.«

Patrick machte Riesenaugen. Vor Staunen brachte er kein Wort hervor. Noch vorgestern die Meldung, dass sie eine eigene CD einspielen sollten, und nun noch das ...

Als hätte Matz das Stichwort gehört, kam er jetzt an ihren Tisch, und Eva nutzte die Gelegenheit. Unbekümmert sprach sie ihn an: »Matz, nächste Woche bist du doch bei den Proben der DEVILS wieder mit dabei – oder?«

Matz freute sich sichtlich. »Wenn ihr mich noch gebrauchen könnt! Aber was wird Ronny dazu sagen?«

Da erklärte Patrick feierlich: »Kein Problem, die NEW KICKING DEVILS machen jetzt zu fünft weiter. Wir werden die neuen Rolling Stones!« Die Freunde mussten lachen. Sie griffen zu den Gläsern – Cola, Saft und Tonic – und stießen an. Plötzlich näherte sich ein Mitarbeiter des Hotels ihrem Tisch.

»Hallo, Herr Schubert«, er lächelte, »gratuliere zum EM-Titel. Hier sind zwei Nachrichten für Sie abgegeben worden«, sagte er und überreichte höflich zwei Briefumschläge.

»Nanu?«, fragte Eva ironisch. »Liebesbriefe von Verehrerinnen?«

Locke war etwas verunsichert. »Blödsinn!«

Neugierig riss er die Briefe auf. Der erste kam von Schalke 04:

Lieber Locke,
wir würden gerne mit Dir über einen Profivertrag reden. Herzlichen Glückwunsch zum Europameistertitel. Bitte gib uns nächste Woche Bescheid, wann es Dir passt.
Vorstand Schalke 04

Patrick lief es heiß und kalt über den Rücken. Ein Profi-Angebot. Das konnte nicht wahr sein! Die Hände zitterten ihm, als er den zweiten Brief öffnete. Er kam vom FC Bayern München.

Sehr geehrter Patrick Schubert,
gerne würden wir mit Ihnen über einen Profivertrag beim FC Bayern München sprechen. Bitte nehmen Sie nächste Woche mit uns unter der unten genannten Telefonnummer Kontakt auf.
Gratulation zum EM-Titel!
Ihr FC Bayern München

Locke war fassungslos. Das Herz schlug ihm bis in den Hals. Für einen Augenblick rang er nach Luft. Er nahm beide Briefe und schaute von einem zum anderen. Dann blickte er in die Gesichter seiner Freunde. Sein Fußballabenteuer – jetzt begann es erst richtig.

Die Teufelskicker
Das große Fußballbuch

96 Seiten ISBN 978-3-570-22124-2

Was ist »Abseits«? Was eine »Schwalbe«? Wer ist der erfolgreichste Nationalspieler? Und: Wie wird man eigentlich Fußballprofi? Spannend, witzig und höllisch gut erklären die beliebten Teufelskicker, was junge Fans über das Spiel mit dem runden Leder, über Fußballstars und Topvereine wissen sollten. Hier bleibt keine Fußballfrage offen!

5471

cbj

www.cbj-verlag.de